KB169043

정확한 과학의 언어로 다정하게 세상을 읽다

흩어진 별빛을 모으며

글을 시작하며

  그리움이 쌓이면 병이 된다고, 시인들은 먼 하늘을 보며 말했습니다. 그간 사랑했던, 그리고 여전히 사랑하는 사람들에게 마음속 이야기를 전하기 위해 이렇게 펜을 들었습니다.

  저는 공학도지만 '공학도'를 향한 세간의 선입견과는 달리 감정적으로는 공학처럼 정확히, 그리고 차갑게 계산해 내지 못합니다. 그 예민함으로 삶과, 사람과의 관계에 대해 고민하며 뜬눈으로 지새운 날은 밤하늘의 별처럼 가득합니다.

  사람의 마음을 전하는 길에 있어서 언제나 진심을 다한 목소리와 표정을 담는 것이 최선임을 잘 알고 있지만, 그 또한 그저 한줄기 연기처럼 부유하는 잔상으로 공기 중에 흩어져 한낱 별가루로 날리게 될까, 혹여 내가 전하는 말의 온도가 뜨거워 마음을 전하려는 이들에게 도리어 상처가 될까 두려운 마음에 글자로 한 자 한 자 꾹꾹 눌러 담았습니다.

  책을 쓰기 시작하면서 책을 쓰는 속도가 처음과 다름을 수시로 느꼈습니다. 처음 글을 모으기 시작했을 땐 집에 가는 버스에서도, 실험실에서도 수시로 메모장을 켰지만 책이 점차 두꺼워지면서 나의 머리는 점점 얇아짐을 느낍니다. 이럴 때마다, '역시 보존 법칙은 성립하는구나'라는 쓸데없는 혼잣말을 읊조리며 스스로를 독려하곤 했습니다. 그러다 어느샌가 새로운 단어와 신박한 글귀를 찾아 나서는 도굴꾼이 되어 책을 꺼내들고 집 앞 카페로 나섭니다.

  책을 보는 과정은 남들과 크게 다르지 않습니다. 우선 책의 표지를 살피고 바로 이어지는 작가의 말을 읽으며 책을 쓰면서 느꼈을 작가의 감정을 훔쳐봅니다. 그리고 천천히 책을 읽어 나갑니다. 속도보다는 깊이를 신경 쓰며 찬찬히 글의 숲을 거닐다 보면 아름다운 꽃을 발견하곤 합니다. 그러면 조심스레 책의 귀퉁이를 접습니다. 조용히 글의 숲을 산책하다 출구가 나오면 다시 조심스레 이전에 보았던 꽃을 펼쳐봅니다. 어떤 꽃은 자리에 없기도 하고 어떤 꽃은 여전히 그 자리를 지키고 있습니다. 그럴싸한 비유를 빼고 다시 말하면 어떤 문장은 처음 읽었던 감정이 고스란히 기억에 남지만 또 어떤 문장은 왜 접어놓았는지 의문이 들기도 합니다.

  어디서 이런 글귀를 본 적이 있습니다.

            '삶은 책과 같다.'

  어떤 이야기를 하기 위해 저런 아름다운 문장을 서술했는지는 기억 나지 않지만 글을 쓰는 사람이 되어가다 보니, 저 문장이 주는 의미가 새삼 다르게 느껴집니다.

우리는 인생이란 책을 써 나가면서 어느 찰나의 귀퉁이를 고이 접어 표시하고 사는지도 모르겠습니다. 그 순간이 누구에게는 부모님과 여행을 떠난 날일 수도, 또 어떤 이에게는 사랑하는 연인을 처음 본 순간일 수도 있습니다. 하지만 우리가 책의 표지를 덮을 때, 그리고 귀퉁이가 접힌 페이지를 살며시 열어봤을 때, 왜 접었는지 기억조차 나지 않을 수도 있습니다. 또한 접히지 않은 페이지는 의미가 없는 것처럼 느껴질 수도 있겠습니다. 하지만 글을 쓰다 보니 의미 없는 글은 없고, 최선을 다하지 않았던 문장도 없다는 것을 느낍니다.

여러분의 책도 분명 제가 책을 쓰는 과정과 크게 다르지 않을 것이라 확신합니다. 비록 귀퉁이가 빳빳한 페이지가 많더라도 혹은 접힌 페이지의 의미가 기억나지 않더라도 분명 우리는 최선을 다하며 인생이라는 책을 써 내려가고 있을 겁니다.

여러분의 책을 응원하며
정 성 훈

차례

글을 시작하며

▌ **사람**, 불완전하기에 완전한 존재

새로운 것이 두려운 이유 /13

관계의 항복강도(降伏強度) /15

마음의 분율(分率) /17

평행선 위의 너와 나 /19

상대성 이론과 엮인 감정의 띠 /22

결핍, 결손의 미학 /24

와인과 막창, 소주와 치즈 /27

흑(黑)과 백(白) /29

행성과 별 /32

마음의 지진을 멈추는 법 /35

결정구조(結晶構造)의 결정적 관계에 대하여 /37

문제라는 문제 /39

사람이 담기는 잔 /41

손가락을 보지 말고 달을 보라 /43

감정의 인지와 표현에 관하여 /47

감정, 그것은 내가 아니다 /49

암순응(暗順應) /51

침묵의 소리 /53

흔들림의 이유 /55

열쇠와 자물쇠 /57

물의 속도, 생각의 속도 /59

노이즈 캔슬링 /60

삶, 역설이 참인 명제가 되는

이어달리기 /63

진짜 자존심이 있다는 건 /65

작아야 비로소 보이는 것 /67

이상한 이상(理想) /69

장마 /72

보존 법칙 /74

산에 오르면 보이는 것 /75

흔들리는 나침반은 없다 /77

꿈을 꾸다 /79

바라보아야 바로 보인다 /81

올바른 답이 나오기 위해선 /84

나와 삶, 그리고 일의 벤다이어그램 /86

3.141592 /89

상대 속도 /91

행운 총량제 /92

공감 /94

용접의 인생학(人生學) /95

잠열 /97

욕망 /100

신이 없을지라도 /101

경험이라는 함정 /103

흔들리기에 무너지지 않는다 /105

미움받을 용기 /108

두려움을 만드는 존재 /111

행복 공장 /112

안빈낙도(安貧樂道) /114

진화 /116

풍향계 /118

교만과 자만 /120

여전히 /121

단어의 반감기(半減期) /123

다시 나를 보며 /125

거울 속의 나 /126

말(言)의 엔트로피 /127

향수의 꿈 /129

사랑, 사람과 삶이 존재하는 이유

관성이 있다는 것은 /132

엔트로피 /133

화살표 /135

낭만에 대하여 /136

영원한 건 없지만 /137

나에게 하는 말 /139

신이 인간을 바라보는 방식 /141

손을 잡는다는 것은 /143

불타오르는 마음 /146

마음이라는 문 /148

공융 현상(Eutectic melting) /150

이명(耳鳴) /152

우주에 생긴 거대한 의미 /154

글을 마무리하며

사람,

불완전하기에 완전한 존재

새로운 것이 두려운 이유

"새로운 물질을 발명하는 것은 새로운 장애물을 마주하는 것과 같다."

언젠가 지도 교수님께서 수업 시간에 하신 말씀이다. 나는 원자력 발전소에서 사용되고 있는, 혹은 사용될 재료에 대해 연구한다. 재료의 강도나 취성(脆性), 산화 저항성 등을 여러 가지 지표를 가지고 판단하는 일을 한다. 여기까지 들으면 참 딱딱하고 재미없는 일을 한다고 느낄 것이다. 물론 대중들이 그다지 관심을 기울이지 않는 부분이지만, 에너지가 중요해지는 오늘날, 반짝이는 호기심의 눈빛을 쏘아줄 일부를 위해서라도 몇 마디는 꼭 해야겠다.

원자력 발전소에서 사용되는 재료는 일반 산업현장에서 사용되는 재료와는 조금 다른 기준이 적용된다. 보통의 산업에서 일컫는 극한의 환경이란 높은 압력과 온도를 의미하지만, 원자력 발전소에서 의미하는 극한의 환경은 높은 방사선이 포함된다. 이는 방사선의 특이한 성질인 '조사(照射)' 때문이다. 예를 들어 중성자가 어떤 물질에 조사되면 (물질과 반응한다고 생각하면 쉽다) 물질의 길이 혹은 크기가 커지는데 이를 '조사 성장'이라고 부른다. 그렇게 성장한 재료는 주변부에 힘을 가할 수 있으므로 원자력 발전소의 안전을 평가하기 위해서 조사

성장은 반드시 고려되어야 한다. 이러한 이유로 원자력 발전소에서 사용되는 재료는 일반 산업계에서 사용되는 재료보다 더욱 많은 조건을 만족해야 한다.

그러나 언급한 기준을 모두 만족하는 물질은 단언컨대 이 세상에 존재하지 않는다. 그렇다면 그저 손을 떼고 모든 것을 운에 맡겨야 할까? 아니다. 이럴 때 우리는 우선순위에 따라 무언가를 포기해야 하며, 이를 포기하면서 발생할 수 있는 문제에 대한 대비책을 세우거나 별도의 방법을 찾아야 한다.

나는 '사람 간의 관계' 역시 마찬가지라고 여긴다. 어떤 인연은 편안함을 주고, 어떤 인연은 설렘을 준다. 그러나 중요한 것은 결코 상대방은 내가 원하는 모든 것을 주지 않는다는 것이다. 이것은 나의 잘못이 아니며, 상대방의 잘못은 더더욱 아니다. 아니, 옳고 그름이라는 판단의 범주에 들어갈 속성의 것조차 아니다.

그렇다. 분명 나는 무언가를 포기해야 했다. 대비하고 받아들여야 했다. 그러나 그러지 못했다. 나는 새로운 사람을 받아들임에 있어 그 이면에 있는 장애물을 보지 못했다.

나의 안목(眼目)의 부재(不在)에,
식견의 미숙(未熟)에 후회의 한숨을 보낸다.

관계의 항복강도(降伏强度)

모든 물질에는 강도(强度)가 있다. 강도란 쉽게 말해 물체의 강한 정도, 세기라고 생각하면 된다. 누구나 학창 시절에 펜 뚜껑을 열어 그 안에 들어있는 용수철을 가지고 놀았던 기억이 있을 것이다. 용수철을 어느 정도 잡아당기면 다시 원상태로 돌아오지만, 힘을 더 주면 처음 상태로 돌아오지 않는다. 이때, 그 경계의 강도를 '항복강도'라고 한다. 항복강도는 변형 후 다시 원상태로 돌아오는 탄성변형과 변형 후에 원상태로 돌아오지 않는 소성변형의 경계이다.

헤파이스토스(Hephaestus : 그리스 신화에 나오는 불과 대장간의 신)의 후예들은 철을 뜨겁게 가열하고 순간적으로 차가운 물에 넣는 것을 반복한다. 이를 '담금질'이라고 하며 이것은 항복강도를 기존 재료가 가지고 있던 크기보다 크게 만드는 방법이다.

우리네 관계도 그렇다. 연인 관계든, 친구 관계든, 혹은 가족 관계든 모든 관계에는 항복강도가 존재한다. 즉, 다시 돌아올 수 있는 변형의 경계가 존재한다는 것이다. 다시 돌아올 수 있다는 말은 서로를 이해하고 안아줄 수 있는 틈과 여유, 정도가 있다는 뜻이다. 그러나 우린 이것을 쉽게 알아차리지 못한다. 심지어 넘어선다. 상대의 진의(眞意)

를 알지 못한 채 그저 오해하고, 확대하고, 왜곡하며, 부정하는 데 일말의 주저함도 없다. 이로 인해 서로를 의심하고 분노하며, 심한 경우엔 이별이라는 파국을 맞이하기도 한다.

그러므로 우리의 관계에서도 반드시 숙련된 '담금질'이 필요하다. 관계에서의 담금질이란 '다툼'이라는 모습을 하고 우리에게 다가온다. 하지만 우리는 다툼은 있어서는 안 될, 사라져야 할 존재로 여기고 부정한다. 그러나 세상 그 누구에게도 다툼 없는 관계는 없으며, 다툰다는 것은 오히려 서로 간의 이해를 증폭시킬 수 있는 계기가 된다. 이를 통해 관계가 더 단단해지고 돈독해질 수 있다. 그러므로 우리는 관계라는 철을, 다툼이란 불에 넣고 화해라는 냉각을 하며 서로의 관계를 더욱 강하게 만들어야 한다.

이제 다툼을 두려워하지 말자. 다툼이 있다는 것은 아직 서로 뜨겁다는 것이니까. 혹 당신이 지금 누군가와 다투고 있다면? 오히려 다행으로 여겨라. 아직은 서로에게 충분히 관심이 있고 사랑하고 있다는 뜻이니까.

마음의 분율(分率)

과학을 공부하다 보면 다양한 물리량을 사용하는데, 그중에서 분율(分率)이라는 개념이 있다. 이는 물질의 어떤 성분이나 물리량 그 자체를 보여주는 것이 아니라, 동일 물리량을 전체와 비교하여 얼마만큼 존재하는지를 보여주는 지표다. 어디선가 이런 글을 본 적이 있다.

> "사람의 마음은 택배와 같아서 보내는 사람보단 받는 사람이 중요하다.
> 아무리 큰 택배를 보내도 받지 못한다면 의미가 없다."

이 문장에 조금의 사견을 더한다면, 나는 사람 사이의 감정에 분율이라는 물리량이 그 어떤 것보다 중요하다고 생각한다. 누군가의 마음의 크기는 소주잔 정도일 수 있지만 누군가는 양동이 정도의 크기일 수 있다. 작은 크기의 그릇을 가지는 사람은 자신이 가진 모든 것을 주어도 양동이의 전체를 채우지 못한다. 이는 흔히 연인 사이에서 발생하는 다툼의 원인이 되기도 한다. 누군가는 자신의 온 마음을 담아 애정을 가득 주었지만, 다른 누군가는 그만큼의 사랑을 받지 못했다고 부족함을 느끼는 상황이 생기는 것이다. 물론 사람의 마음이라는 것을 계량화, 수치화하여 정량적으로 평가할 수는 없다. 누군가는 온 마음을 담아 사랑했지만 상대방은 자신을 향한 그의 마음이 작다고 느꼈을 것이다. 이를 설명하기 위해서 절대적인 양은 의미가 없다. 여기서 '분율'이 중요해진다.

결국 말하고 싶은 것은 '내가 가진 마음을 너에게 전부 다 주었다'라는 것은 상대방 입장에서는 아무런 의미가 없다는 말이다. 상대방이 얼마만큼을 받았으며, 내가 상대에게 보낸 마음의 물이 상대방이 가지고 있는 유리잔의 어느 부분까지 채웠는지를 고민하는 것이 훨씬 더 중요하고 가치 있어 보인다.

평행선 위의 너와 나

내가 선(線)을 이해하는 방식은 남들과 조금 다르다. 나는 선을 길(road)이라고 생각한다. 그 길 위에 작은 사람을 한 명 그려 넣고 그 사람이 어떻게 걸어가는지를 상상한다. 두 선의 관계에는 다양한 종류가 있지만 가장 기본적으로 세 개로 구분하곤 한다. 첫째는 평행(平行)이다. 두 선이 서로 평행한 관계라는 것은 두 선이 같은 방향으로 무한히 연장되어도 만나지 않는 관계를 말한다. 두 번째는 교차(交叉)이다. 두 선이 어느 한 점에서 만나는 관계로, 수학적으로는 두 선의 기울기가 다른 것을 말한다. 마지막으로는 수직(垂直)이다. 수직은 두 선이 서로 직각으로 만나는 것을 의미한다. 흔히 우리는 어떠한 관계를 설명할 때, 선과 선의 관계로 비유하곤 한다.

우리는 보통 나와는 잘 맞지 않는 상대방 혹은 그 관계에 대해 설명할 때 "나는 그 사람이랑 평행선 같은 관계였어"라고 표현하곤 한다. 평행선 같은 관계란 나와 상대방이 서로 만나는 교차점 없이 언제나 일정한 거리를 유지하는 관계를 뜻한다.

어느 날 문득 이런 생각을 했다. 내가 이해하는 방식으로, 나의 언어로 표현한다면, 평행이란 '어느 길 위에 있는 사람들이 서로 일정한 거리를 두고 서로에게 인사를 나누고 있는 것'이라고.

　지난 26년간 나와 인연이 되었던, 나와 인연이었던 모든 이들에게 말하고 싶다. 우린 평생 '평행선' 같은 관계였으면 한다고.

　평행이 아닌 선에서 움직이는 사이는 가까워짐과 동시에 멀어진다.

상대성 이론과 엮인 감정의 띠

위대한 천재 아인슈타인은 등속도(等速度) 운동과 정지 상태는 근본적으로 구분할 수 없다고 말했다. 이게 무슨 말인지 이해하기 위해선 꽤나 주의 깊은 상상력이 요구된다. 다 같이 머릿속으로 다음 이야기를 그려보자.

당신과 나는 모종(某種)의 이유로 커다란 화물차의 짐칸에 탔다. 화물차 안에는 커피 한 잔과 헬륨 풍선이 있다. 그러나 바깥을 볼 수 있는 창문은 없다. 커피를 마시려는 순간, 트럭 기사는 "출발합니다"라고 외쳤다. 트럭이 덜컹거리자, 커피가 흔들렸고 헬륨 풍선은 화물차 천장에 붙은 채로 이리저리 움직인다. 잠깐의 시간이 지나고 휴대전화가 울린다. 전화를 받았는데 누군가 당신에게 이렇게 묻는다. "지금, 화물차가 움직이고 있습니까? 아니면 정지해 있습니까?"

아인슈타인의 이론에 따르면 만약 화물차가 일정한 속도로 움직이고 있다면 이는 근본적으로 정지한 것과 구분할 수 없다.

우리의 마음도 동일하다. 꾸준함과 존재하지 않음을 근본적으로 구분할 수 없다. 누구나 관계를 맺다 보면 어느 순간 나에 대한 상대방의 마음이 존재하지 않는 것 같은 느낌이 들 때가 있다. 진부한 표현을 빌린다면 '익숙함에 속아 소중함을 잃지 말자'가 바로 이럴 때 사용되는 말일 터.

가족, 친구 혹은 소중한 누군가의 마음의 크기와 그들에게 있어 나를 향한 마음의 존재 여부에 관해 알고 싶다면 끊임없이 삶에 대해, 상대에 대해, 존재에 대해 반추해야 한다. 아인슈타인이 말했듯 '일정한 속도와 정지는 근본적으로 구분할 수 없다.'

결핍, 결손의 미학

원자(原子)는 세상 모든 것의 근원(根源)이다. 당신이 지금 읽고 있는 이 작은 책도, 공기도, 물도 모두 원자로 이루어져 있다. 원자에 대해 조금 더 자세하게 말하자면, 원자는 원자핵(核)과 전자로 이루어져 있고 원자핵은 중성자와 양성자로 구성된다. 중성자는 전기적으로 중성을 띠고 양성자는 양성(+)을 띤다. 고등학교 화학 시간에 주기율표를 외워본 적이 있을 것이다. H, He, Li, Be…. 이때 주기율표의 번호가 바로 원자핵에 존재하는 양성자의 수(數)다.

머리가 복잡해진다. 쉽게 비유할 수 있는 무언가가 필요하다. 구슬이 좋겠다. 양성자와 중성자를 작은 구슬이라고 했을 때, 중성자는 나무로 만들어진 구슬이고, 양성자는 (+)극을 가진 무언가로 만들어진 구슬이다. 원자번호가 커질수록 원자핵에는 양성자가 많아진다. 만약 원자핵의 부피가 같다고 가정하면 원자번호가 커질수록 같은 (+)극의 구슬들이 많아진다는 것이고, 이는 (+)극 구슬들이 서로 가까워짐을 의미한다.

우리가 익히 알고 있듯 같은 극 사이에서는 서로 밀어내는 척력(斥力)이라는 힘이 작용한다. 그러나 원자핵에 있는 양성자는 서로 밀어내지 않고 잘 묶여 있다. 어떠한 원리로 이들은 서로 밀어내는 힘을 이겨내고 붙어있을 수 있을까? 바로 '질량결손(質量缺損)' 덕분이다.

질량결손이란 말 그대로 질량이 줄어든다는 것이다. 만약 양성자와 중성자의 질량이 모두 1이라고 가정하자. 양성자와 중성자가 각각 한 개씩 존재하는 중수소 원자핵의 질량은 과연 얼마가 될까? 단순 계산을 하면 당연히 1+1=2이므로 2가 되어야 한다. 하지만 실제로는 2보다 약간 작다. 우리는 분명히 과학 시간에 질량은 보존된다고 배웠는데 사라진 질량은 어디로 간 것일까? 그 사라진 질량은 결합 에너지라고 불리는 에너지가 된다. 이것이 양성자가 서로 밀어내는 힘을 이겨내고 서로 붙어있을 수 있도록 묶어주는 힘이다.

우리 인간관계에서도 질량결손이 존재한다. 누군가와 관계를 맺을 때 서로 돈독한 관계, 단단한 관계가 되기 위해서는 자신을 조금씩 포기해야 한다. 그 포기는 시간일 수도 있고, 금전일 수도 있으며, 혹여 마음일 수도 있다.

서로 자신의 주장을 양보하지 않거나, 포기하지 않는다면 둘 사이는 관계의 결합력보다는 서로 밀어내는 힘, 척력(斥力)이 더 커지게 되기 때문에 조금씩 멀어짐을 반복하다가 결국 분열하게 된다.

인간은 사회적 동물이기에 사회 속에서 살아가며 시시각각 새로운 관계를 만들어 간다. 이 가운데에서 대립과 반목, 분열이 아닌 지속이

가능한 공존을 위해서는 역설적이지만 결손과 결핍이 필요하다. 자신을 버릴 줄도 아는 포기가 필요하다. 이것이 우리가 조금 더 상대를 배려하고 양보해야 하는 이유다.

와인과 막창, 소주와 치즈

내 곁에는 와인을 좋아하는 친구들이 많다. 그들 덕분인지, 아니면 술을 잘 못 마시기 때문인지는 모르겠지만 나도 와인을 좋아하게 되었다. 와인과 관련된 많은 용어가 있지만 '마리아주(mariage)'라는 단어는 나에게 조금 색다른 의미를 가진다.

마리아주란 어떤 음식과 와인의 완벽한 조화를 의미하는 프랑스어인데 결혼, 결합을 의미하는 영어 단어인 '메리지(marriage)'와 같은 뜻이다. 단어의 의미 그대로 음식과의 궁합이라고 생각하면 된다. 보통 레드 와인은 붉은 고기류의 음식이나 안주와 즐기고, 화이트 와인은 가벼운 음식과 매치한다. 물론 정해져 있는 것은 아니기에 정답은 없다. 요즘은 한식집에서도 와인을 팔고 한식과 어울리는 와인을 추천해주는 영상도 많다.

마리아주의 핵심은 술과 음식이 완벽해도 어울리지 않을 수 있으며, 술과 음식이 조금은 부족해도 완벽해질 수 있다는 것에 묘미가 있다. 심심한 음식에서 느껴지지 않는 감칠맛을 레드 와인이 주는 탄닌감으로 보완하고, 느끼할 수 있는 음식의 단점을 화이트 와인의 상큼함으로 가려주는 것. 이것이 바로 마리아주의 핵심이다. 서로의 부족함과 과함을 균형 있게 적당함으로 바꿔주는 것이다.

우리의 인간관계도 그렇다고 생각한다. 나의 부족함을 상대방이 보완해 주고, 상대의 과함을 내가 적당하게 바꿔줄 수 있는 법이다. 그러니 삶에서 매 순간 너무 완벽해지려 노력하지 않아도 된다. 때론 막창과 와인이 어울릴 수도 있는 법이니까.

완벽한 것만이 아름다운 것은 아니다. 완벽한 것만이 성공한 삶도 아니다. 모두 어깨에 힘 좀 빼고 살자. 인간미(人間美) 있게 맛있게 살자. 그것이 마리아주가 주는 깊은 풍미를 제대로 즐기는 삶이다.

흑(黑)과 백(白)

사과는 빨간색, 바나나는 노란색이다. 왜 그럴까? 원초적인 호기심이긴 하지만 많은 이들이 간과한 채 모르고 지나가는 내용이기도 하다.

우리가 색을 인지하는 방식은 물체가 반사하는 '빛'을 보는 행위를 통해 이루어진다. 다시 말해 사과는 빨간색을, 바나나는 노란색을 반사하고 우리는 그것을 보는 것이다. 반면 블랙홀은 빛을 반사하지 않고, 모든 빛을 흡수하기 때문에 검은색으로 보이는 것이다. 그래서 이름 그대로 모든 것을 빨아들이는 검은 구멍, 블랙홀(black hole)이다.

얼마 전에 코로나에 걸렸었다. 일주일간 달콤한 휴식을 하고 연구실로 출근했다. 동료들과 안부 인사를 나누자 하나같이 자신들의 장엄한 코로나 경험담을 늘어놓는다. 코로나에 걸렸을 때 얼마나 아팠는지, 어떻게 극복했는지, 코로나에 걸려보니 어떤 깨달음을 얻었는지. 그들 역시 대부분 비슷한 증상을 겪었기에 나의 아픔을 공감하고 있었다. 결국 '진정한 공감'이란 경험을 먹고 자란다는 생각이 스쳐갔다.

우리는 누군가를 칭찬하고 칭송할 때, 완전무결을 의미하는 '백색'으로 그 사람을 비유하곤 한다. 이처럼 눈같이 하얀 순백(純白)은 누군가

의 심성이나 성격에 대해 칭찬을 할 때 사용하는데 왜 그럴까? 하얀색
은 빛의 삼원색(三原色)을 모두 합쳐야 완성되는 색이다. 따라서 하얀
색은 모든 빛을 반사할 수 있다. 이것이 핵심이다.

결국 좋은 사람은 모든 색을 가졌기에 모든 색을 반사할 수도 있는
법이다. 주변의 모든 것을 흡수하고, 자신이 모든 것을 가지려 하지 않
고 타인에게 빛을 나누어주려고 하는 모습. 바로 하얀색 옷을 입은 사
람의 모습이다.

행성과 별

누군가가 우주에서 빛나고 있는 것 중에서 지구에서 가장 밝게 보이는 것은 태양을 제외한다면 '달과 금성'이라고 했다. 이 사실은 내게 새로운 생각을 불러왔다.

이제껏 나는 빛나는 별이 되기 위해 매 순간 열심히 살아왔다. 누구나 그럴 것이다. 언제 어디서나 반짝거리는 존재가 되기 위해 지금의 힘듦을 견디고, 상심(傷心)이라는 독이 퍼져 나가지 않게 맨살을 찢어 가는 고통을 참으며 살아왔을 것이다. 그러나 쉽사리 별이 되지 못하고 있음에 허탈함은 상존한다. 이것은 낮아진 자존감과 자신감만이 원인은 아닐 것이다.

친구와 이런저런 이야기를 하고 있는데 그 친구는 '달과 금성' 같은 사람이라는 생각이 들었다. 달과 금성은 우리 지구에서 볼 때 가장 밝게 빛나는 존재들이다. 그러나 별은 아니다. 그저 영원히 태양을 도는 행성일 따름이다. 별과 행성은 명확하게 다르다. 별은 태양처럼 스스로 빛을 내지만, 행성은 스스로 빛을 내지 못하기 때문에 주변의 빛을 반사해야만 우리 눈에 보인다. 그 친구는 행성이었다. 스스로 빛을 내지 못한다는 의미가 아니라, 주변의 빛을 잘 받고 또 잘 반사하며 나누어 주고 있는 친구였다.

그는 빛을 내기 위해서는 '오로지 스스로 빛나야만 한다는, 그런 사
람이 되어야만 한다'라는 나의 어리석은 단견(短見)을 바꿔준 친구였
다. 착한 마음과 상대를 향한 깊은 이해심으로 누구보다 많은 빛을 받
아 밝게 빛나는 사람이었다. 그래, 그는 별이었다.

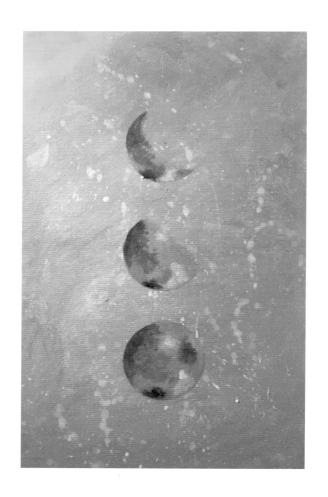

마음의 지진을 멈추는 법

지진에는 진원(震源)과 진앙(震央)이 있다. 진원은 지진이 발생한 실제 위치를 말하고, 진앙은 진원을 수직으로 올렸을 때 지표면과 닿는 위치이다. 지표면과 가까운 곳에서 발생하는 천발 지진이라고 해도 지표면으로부터 약 30~50km에서 발생하기 때문에 진원은 눈에 보이지 않는다. 우리 삶의 어떠한 문제는 가끔 지진 같을 때가 있다. 특히 누군가와의 관계에 있어 생기는 문제는 대부분 지진과도 같다. 진원과 진앙처럼 어떤 지점에 발생의 원인이 숨겨져 있다는 것이다. 이는 지진 발생의 원인이 우리 눈에 보이지 않는 것처럼 문제가 발생한 지점(진원)과 문제가 보이는 지점(진앙)이 서로 다를 수 있음을 뜻한다.

내가 보기엔 큰 문제가 아닌데 상대방이 이를 곱씹어서 말한다면 우리는 진원을 찾아야 한다. 그 지점을 찾지 못한다면 문제는 해결되지 않는다. 우리 인간종(種)은 동물 중에 유일하게 눈에 흰자위가 있다고 한다. 좀 더 정확히 말하면 동물 중에 흰자위가 가장 크다고 말하는 것이 맞을 것이다. 생물학자들은 진화생물학의 관점에서 유독 인간이 흰자위가 발달하게 된 이유가 '눈치를 보기 위함'이라고 말한다. 진화생물학에는 한 가지 큰 전제가 있다. 인간을 비롯한 동물의 진화는 무조건 생존에 유리한 관점에서 이루어졌다는 것이다. 즉, 눈치를 본다는 것이 인간의 생존에 유리하다는 것이다.

진원을 바로 보여주면 문제가 쉽게 해결되지만, 관계의 다른 문제가 생길 수도 있다. 또다시 관계가 불에 타고 남은 재처럼 허공으로 사라질 수 있기에 우리 인간은 빙빙 돌려 진앙을 보여주는 것은 아닐까. 그렇다면 진원을 쉽게 찾을 수 있는 방법이 있을까?

경험에 비추어 봤을 때 가장 좋은 방법은 여진(餘震)의 위험이 없을 때 진원을 찾아 나서는 것이다. 여기서 말하는 여진이란 바로 '감정'이다. 감정적으로 차분해지는 시점을 기다려야 한다는 것이다. 알래스카의 이누이트족(族)은 화가 나면 막대기를 하나 들고 무작정 앞으로 걷는다고 한다. 걷고 걷다가 비로소 감정이 남아있지 않을 때, 막대기를 바닥에 꽂고 다시 돌아온다고 한다. 이것이 진정한 지혜이리라.

문제가 생기면 머릿속에 막대기를 들고 천천히 떠나야 한다. 감정이 예민하면 일을 그르치기 쉽다. 자고로 매사 어떤 일을 앞두고 감정이 앞서고 흥분하면 일을 망치게 될 뿐이다. 그러니 문제가 생긴다면 우선 조용히 막대기를 들어보자. 그리고 찬찬히 산책을 나가보자. 마음의 행로(行路)를 따라서.

결정구조(結晶構造)의 결정적 관계에 대하여

금속 재료를 이루는 원자 혹은 분자는 결정구조(結晶構造)라는 이름의 구조로 되어있다. 어떤 재료는 중심에 커다란 원자가 위치하고 그 주변을 작은 원자가 두르고 있는 모양을 띠고 있고, 또 어떤 분자는 대각선으로 정렬되기도 한다. 쉽게 설명하면 각자 자신의 영역이 있다고 생각하면 된다. 하지만 모종의 이유로 불순물이 들어오거나 그들의 것이 아닌 다른 원자 혹은 분자들이 그들의 자리를 비집고 들어오는 경우가 있다. 이를 '억지 끼움(misfit)'이라고 한다. 억지 끼움이 발생하는 순간 기존 분자 구조에 영향을 미쳐 재료에 응력(應力), 즉 힘이 발생하게 된다. 이는 재료의 부식이나 강도를 저해하는 원인이 된다.

노벨 문학상을 받은 이란 출신의 영국 문학가, 도리스 레싱(Doris May Lessing)의 소설 〈19호실로 가다〉에서는 '자기만의 방'을 가지지 못하고, 결혼 혹은 가정에 의해 주체적인 삶을 잃고 누군가의 아내로, 어머니로 살아가는 여성의 일상을 바라본다. 주인공 수전은 어느 날 자신의 삶에 대해 특별한 무언가를 느끼고는 자신만의 공간과 시간을 가지고 싶어 한다. 하지만 이는 가족에게 지지 받지 못하고 심지어 외도를 의심받게 된다.

우리에게는 19호실이 필요하다. 남들의 간섭이 없는 공간과 시간, 편안함이라는 말조차 떠오르지 않는 고요한 그곳이 필요하다. 소설을 읽으면서 수전의 입장에 공감이 갔다. 그러나 한편으로 '나는 과연 수전의 삶을 진정으로 인정하고 있는가?' 하는 의문이 생겼다. 이를 판단하기 위해서는 내가 소설 속 인물이 되면 된다. 내가 수전의 남편이었다면 그녀의 행동에 응원을 보낼 수 있었을까?

우리는 단지 서로 친해졌다는 이유만으로, 혹은 사랑하는 관계라는 이유로 우리의 의견이나 입장을 그들의 결정구조, 즉 그들의 영역에 나를 억지 끼움하고 있는지도 모른다. 나의 의견이나 입장은 상대방의 결정구조에 여유와 틈이 있을 때 들어가야 한다는 것을 우리는 너무 자주 잊고 사는 듯하다.

문제라는 문제

지금까지 무던히도 다양한 문제들을 겪으며 살아왔다. 남들이 보기엔 문제의 크기가 작았을지도 모르지만, 당시의 나로서는 마치 커다란 장벽이 눈앞에 있는 것 같았다. 성격상 문제를 해결해야 직성이 풀리기에, 그 원인에 대해 그리고 그 원인의 본질에 대해 갱도의 땅굴을 파내려가듯 끝없이 파고 또 파고 들어가니 그 끝에는 '사람'이 있었다. 결국 모든 문제의 원인은 '사람'이었다. 정확하게는 타인과의 관계가 모든 문제의 원인이었다. 그래서였을까. 어느 순간부터는 아무도 만나고 싶지 않았다.

시간이 지나고 조금씩 경험이 쌓이다 보니, 어릴 때 했던 생각과 행동이 정말이지 치기 어린 모습이었다는 것을 깨닫는다. 그때 내가 했던 선택들은 분명 최선의 선택이었지만 '최고의 선택'을 한 것은 아니었다. 모든 일에는 장점과 단점이 공존한다. 이를 두고 흔히 '동전의 양면'이라 말한다. 응당 무언가를 잡기 위해서는 손에 잡은 무언가를 내려놓아야 한다는 것이다. 여기에 과학을 조금 첨가하면, '보존 법칙은 언제나 성립한다'라고 말할 수 있을 것이다.

나는 지금도 '모든 문제의 원인은 사람이다'라는 생각에는 조금도 변함이 없다. 그러나 한 가지 달라진 것이 있다. 이제는 더 이상 사람 만나는 것을 두려워하지 않는다는 것이다. 〈존재만으로 빛나는〉을 저술한 태희 작가의 말을 조심스럽게 빌려본다.

　　　"우리의 걱정거리는 혼자라면 겪지 않아도 될 일들이다.

　　　그러나 동시에, 우리는 혼자라면 아무것도 겪을 수 없다."

사람이 담기는 잔

우리가 향을 맡는 과정에서 가장 큰 역할을 하는 것은 후각 상피세포이다. 공기를 타고 오는 냄새 분자가 콧속 위쪽에 위치하는 후각 상피세포를 자극하면 우리는 냄새라는 것을 느끼게 된다. 와인에는 약 1000여 종의 향을 내는 분자가 들어있다. 그렇기에 우리는 포도로 만든 와인에서 초콜릿 향, 담배 향 등을 느끼는 것이다.

우리 학교 앞에는 내가 애용하는 와인바가 있다. 이곳에는 다른 대중적인 와인바와 다르게 소믈리에가 있기에 자주 자리를 잡곤 한다. 와인바에 들어가 한 켠에 조용히 자리 잡으면 소믈리에가 와서 묻는다.

"직전에 식사는 어떤 것으로 하셨나요?"
"혹시 와인에서 피하고 싶은 향이나 맛이 있으신가요?"

질문에 적당한 대답을 하고 자리에 앉아 있으면 와인을 한 병 들고 온다. 이후 와인에 대한 간단한 소개를 해준다. 여기서 끝나는 것이 아니다. 소믈리에는 와인잔에 대한 설명을 하기 시작한다.

"이 와인은 버건디 와인잔에다 마시는 것이 좋습니다."

와인잔은 다양한 종류가 있다. 레드 와인을 마실 때 흔히 사용하는 보르도 와인잔, 더 복합적인 향을 느끼기 위해 사용하는 버건디 와인잔 등이 대표적인 예이다. 와인을 보다 풍미 있게 즐기기 위해서는 와인에 따른 적절한 와인잔 선택이 필수다. 그렇다. 와인에 적절한 와인잔을 선택해야 한다. 절대 우리는 와인잔에 맞는 와인을 선택하지 않는다. 고작 와인을 마시면서 우리는 와인잔을 고민하고 와인마다 잔을 선택한다. 그 와인의 단점을 가리고 장점을 부각시키기 위해서. 어떤 것이 담기는지에 따라 담길 그릇이 바뀐다. 고작 와인을 마시면서.

　하지만 우리는 사람을 만나면서 우리의 잔을 바꾸지 않는다. 사람마다 향이 다름을 우린 명확히 알고 있지만 절대 잔을 바꾸지 않는다. 상대방의 말의 향이 풍부해지도록 하지 않는다. 결국 그들의 단점은 가려지지 못하며 그들의 장점도 단점이라는 그늘에 가려 보이지 않는다. 많은 사람들이 그리고 대중매체에서 자신에게 어울리는 사람을 만나는 것이 중요하다고 강조한다. 하지만 우리가 살아가는 세상은 그런 세상이 아니다. 가끔은 와인잔에 와인을 맞출 수도 있겠지만, 대부분은 와인에 와인잔을 맞춘다는 것을 잊으면 안 된다. 만약 누군가의 말과 행동에서 맡고 싶지 않은 향이 난다면 그것을 곧장 버릴 것이 아니라, 내 그릇의 모양을 바꾸려는 시도는 한번 해보라는 것이다.

손가락을 보지 말고 달을 보라

〈이상한 변호사 우영우〉는 천재적인 두뇌와 자폐스펙트럼을 동시에 가진 신입 변호사 우영우의 대형 로펌 생존기를 다룬 드라마다. 주인공 우영우는 자폐스펙트럼 장애를 가지고 있지만 암기력이 아주 뛰어나다. 이러한 재능 덕에 변호사가 되어 좌충우돌하면서도 다양한 문제를 해결한다. 극 중에서 우영우는 문제를 해결함에 있어 가장 중요한 것이 무엇인지를 잘 보여주고 있다.

"이 사건은 재미있습니다. 제가 좋아하는 고래 퀴즈 같아요. 몸무게가 22톤인 암컷 향유고래가 500kg에 달하는 대왕오징어를 먹고 6시간 뒤 1.3톤짜리 알을 낳았다면 이 암컷 향유고래의 무게는 얼마일까요?"

아주 쉬운 계산 문제다. '22톤+500kg-1.3톤'을 하면 된다. 하지만 우영우는 이어서 이렇게 말한다.

"정답은 '고래는 알을 낳을 수 없다!'입니다. 고래는 포유류라 알이 아닌 새끼를 낳으니까요. 무게에만 초점을 맞추면 문제를 풀 수 없습니다. 핵심을 봐야 해요!"

그렇다. 우리는 문제의 핵심, 즉 본질을 파악하지 못했다. 어떠한 문제에 직면했을 때, 우리는 해결책을 빠르게 내기 위해 오히려 본질이 무엇인지 잊고 지내는지도 모른다. 아니 성과에 너무 급급한 나머지 본질을 일부러 보지 않고 있는 것일 수도 있다.

선가(禪家)의 어록에 이런 이야기가 전해진다. 한 스님이 손가락으로 달을 가리키는데, 제자는 자꾸만 달을 보지는 않고 스승의 손가락을 쳐다본다. 이에 스승이 한마디 한다. "이 녀석아, 달을 가리키는데 달을 봐야지 왜 손가락을 보느냐!" 이 이야기 역시 부수적인 주변의 것에 휘둘리지 말고 본질을 직관(直觀)하라는 가르침이다.

고등학교 때부터 친했던 친구가 한 명 있다. 그 친구는 나와 성격이 비슷해서 서로의 영역을 존중하며 지낸다. 성격이 불같은 면이 있어 가끔은 무서울 때도 있지만, 그래도 어떻게든 잘 지낸다. 그 친구를 만나면 학창 시절로 돌아간 기분이라 만날 때마다 즐겁다. 내가 그 친구를 좋아하는 가장 큰 이유는 어떠한 문제에 대한 본질을 빠르게 발견하고 충고해 준다는 것이다. 한때, 나는 이별에 대한 고민으로 그 친구에게 전화한 적이 있었고 아마 이렇게 물어봤던 것 같다.

"왜 헤어진 건지 알 수가 없어. 이게 대체 뭘까?" 그러자 친구는 아무렇지 않게 대답했다.

"헤어지는 연인들을 보면 수백만 가지의 이유가 있지. 그런데 내가 생각하기엔 헤어지는 이유는 딱 한 가지야. 어떠한 이유가 되었든 그걸 감당할 만큼 상대를 사랑하는 마음이 없기 때문이지."

　그렇다. 이별의 본질은 마음의 크기에 있다. 때론 어려워 보이는 문제가 정말 간단한 해결책을 가질 수 있다. 그러니 복잡한 문제일수록 본질에 집중해야 한다. 그러면 복잡함은 어느새 오월의 눈 녹듯 말끔히 사라질 것이다.

감정의 인지와 표현에 관하여

반포 한강공원에 있는 무지개 분수를 보려고 놀러 갔을 때의 일이다. 한 아이가 마치 전투에서 사랑하는 여인을 잃은 장수처럼 울고 있었고, 그 아이의 부모님은 버릇을 고치려는 듯 "엄마는 먼저 갈 거야. 너는 거기서 평생 울어"라고 말했다. 주변에 있던 연인들은 그 모습을 보고 서로 팔짱을 더욱 세게 끼웠고, 어른들은 그 모습을 보며 웃으면서 지나갔다.

아이들은 자신이 원하는 것을 정확히 이야기하지 못한다. 본인이 어떠한 물건을 원하는 것인지, 아니면 어디가 불편한 것인지 상대방에게 전달하는 방법을 잘 모르는 듯하다. 그러나 성장하면서 점점 사회성이 길러지고 자신들이 원하는 것을 정확히 요구하게 된다. 하지만 감정을 전달하는 방법은 경험이 많다고 느는 것은 아닌 듯하다. 우리가 그렇게 자란 어른아이인 셈이다. 나도 그렇다. 이건 한 번쯤 골똘히 생각해 볼 필요가 있다.

내가 감정을 전달하는 방법을 모르는 것인지? 아니면 나의 감정을 모르는 것인지?

우리는 일반적으로 무지개 색깔을 일곱 가지로 생각하지만, 멕시코 원주민인 마야인들은 검은색, 하얀색, 빨간색, 노란색, 파란색 총 다섯 개로 구분하고, 아프리카 원주민은 단지 두 개의 색으로 구분한다고 한다. 이처럼 우리 모두 눈으로는 같은 것을 보았지만, 머리로는 다르게 구분한다. 감정도 마찬가지다.

슬픔, 분노, 우울, 자괴, 행복, 기쁨, 설렘, 편안 등 셀 수 없이 많은 감정이 있다. 하지만 우리는 그 감정을 표현하는 방식이 다르다고 확신할 수 있을까? 적어도 나는 아니다. 우리는 다양한 감정을 느끼지만 정작 표현하는 방식을 모른다. 아이들은 아직 감정을 구분하지 못할 수도 있기에 화나도 울고, 짜증이 나도 울고, 슬퍼도 운다. 모든 감정을 '눈물'이라는 하나의 반응으로 표현하는 것이다. 감정에 있어 진짜 어른이 되기 위해선 자신의 감정을 표현하는 방식을 깊이 '들여다보고' 이를 명확히 '표현해야' 한다.

감정, 그것은 내가 아니다

원자력 발전소에 사용되는 핵연료는 피복관이라는 파이프 안에 삽입되어 사용된다. 원자력 발전소의 전원이 들어가고 발전이 시작되면 핵연료에서는 핵분열생성물(核分裂生成物)이라고 불리는 찌꺼기들이 나오기 시작한다. 이는 피복관 내부에 쌓이게 되고 이로 인해 피복관 내부의 압력은 상승한다. 일정 압력을 넘어 피복관이 내압을 견딜 수 없게 되면 피복관은 부풀어 오른다. 이를 벌루닝(ballooning)이라고 부른다. 이후 압력이 재차 상승하면 결국 피복관은 터진다. 이를 파열(burst)이라고 부른다. 피복관에 파열이 발생하면 내부에 있던 핵연료 가루들이 피복관 밖으로 튀어나온다. 이 가루들은 원자로를 녹일 수도 있기에 매우 위험하다.

그렇다면 정상 가동하고 있는 원자력 발전소에서 파열은 일어나지 않을까? 아니다. 무조건적으로 발생한다. 하지만 원자력 안전 규제를 살펴보면 이를 사고로 규정하지 않는다. 자연스레 일어나는 현상이라는 이야기이다.

비전공자들은 원자력 발전소의 위험을 매우 크게 인식한다. 원자력 발전소가 위험하다고 생각하는 이유를 뽑으라면 첫 번째는 사용후핵연료이고, 두 번째는 압력일 것이다. 원자력 발전소의 작동 압력은 약 13.5MPa로 대기압의 135배에 달한다. 물의 끓는점은 압력과 비례하는데 이 말은 압력이 높을수록 끓는점이 올라간다는 뜻이다. 물은 끓게 되면 불확실성도 커져 제어가 어렵기에 국내에서 이용되고 있는 원자력 발전소는 압력을 올려서 물의 비등을 제어한다. 여기서 우리가 주목해야 할 부분은 바로 '제어'다.

모든 산업 현장에서는 사고가 발생한다. 하지만 우린 모든 현장을 위험하다고 말하지 않는다. 왜 그럴까? 위험을 구분하는 인자는 제어와 예측일 것이다. 어떠한 사고가 일어나리라 예측하거나 이를 제어할 능력이 있다면 이는 위험이라고 부르기 어렵다.

그래서 나는 스스로 묻는다. 나의 '감정'으로부터 일어나는 여러 복잡한 문제들을 제어할 수 있을까? 혹은 예측할 수는 있을까?

예측되지 않는다면 이는 제어가 필요하다는 것이다. 모른 척하고 외면한 채 억눌러 둔 감정은 언젠가 폭발할 수 있기에 그때마다 감정의 이유를 명확하게 인식하고 감정은 단순히 감정임을 복기해야 한다. 절대 나의 감정은 내가 될 수 없다. 만약 감정의 압력을 충분히 제어할 수 있다면 파열은 더 이상 사고가 아니다.

암순응(暗順應)

보통 슬픔을 잊는 방법을 이야기할 때 "시간이 약이다"라고들 한다. 한때 나는 그것이 틀린 말이라고 생각했다. 시간이 지난다고 해도 쉽사리 잊히지 않을 것 같았다. 어느 날, 문득 슬픔을 극복하는 과정에서 시간은 동공과 비슷한 역할을 하고 있다는 것을 깨달았다.

운전을 자주 하다 보니 터널을 많이 지나게 된다. 터널에 진입하면 순간적으로 주변의 차들이 잘 보이지 않는 현상이 발생하는데, 이는 동공의 크기 변화로 인한 현상이다. 동공은 눈에서 빛을 받아들이는 곳이다. 동공의 크기가 작으면 적은 빛을, 크면 더 많은 빛을 받아들인다. 우리의 눈은 일정한 크기의 빛을 받아들이기 위해 어두운 곳에서는 동공이 확대되고, 밝은 곳에서는 동공이 수축한다. 그래서 낮에 터널에 빠른 속도로 들어가면 밝은 빛에 적응하여 작아진 동공이 빛을 충분히 확보하지 못하기 때문에 주변의 차들이 잘 보이지 않게 되는 것이다.

그렇다면 터널을 안전하게 지나가는 방법은 무엇일까? 터널을 안전하게 지나가는 방법은 터널에 진입하기 전과 나오기 전에 속도를 미리 충분히 줄이는 것이다. 동공이 적응할 시간적인 여유를 확보하는 것이다.

우리네 삶에서도 그렇다. 어떤 슬픔을 극복하는 것에 있어 시간은 바로 동공을 확장시키는 틈과 여유라는 의미를 가진다. 슬픔이라는 감정의 바다는 너무 어둡기 때문에 급작스럽게 밝은 곳으로 나온다면 오히려 아무것도 보이지 않게 되는 이치다.

작곡가 김현철 씨는 우울감에 빠진 사람에게 위로를 건넬 때, 이런 말을 했다.

"우울할 때는 최고로 우울해야 합니다.
우울의 바다에 빠졌을 때, 가장 빠르게 나오는 방법은
바다에서 나오기 위해 수면을 바라보고 헤엄치는 것보다는
몸의 힘을 빼고 바다의 바닥을 차고 나오는 것입니다."

침묵의 소리

몇 해 전, 어느 오래된 순대 국밥집에 간 적이 있다. 노부부가 지극정성으로 운영하는 곳이라 점심이 되면 사람들로 붐비던 곳이었다. 근처 스터디 카페에서 공부를 마치고 저녁을 먹기 위해 식당 문을 열었을 때, 불현듯 감정이 북받치기 시작했다. 식당 한 모퉁이에서 순댓국과 함께 약주를 하고 계시던 어느 어르신의 모습이 몇 년 전 돌아가신 외할아버지와 겹쳐졌기 때문이다.

외할아버지는 내게 언제나 따뜻한 존재였다. 특유의 털털한 웃음과 함께 보이던 금니와 주름이 나는 마냥 편하고 좋았다. 병마와 싸우기 전에 외할아버지께서는 주안역 근처 어느 대형 학원 앞에서 분식 가게를 하셨다. 가끔 할아버지를 뵈러 가게에 놀러 가면 할아버지께서는 산타 할아버지가 된 양, 주머니에 동전을 잔뜩 담은 채로 나와 형의 손을 잡고 근처 오락실로 향했다. 우리는 오락에 정신이 팔렸고 할아버지는 언제나 그 모습을 뒤에서 지켜보고 계셨다. 그렇게 정신없는 시간이 지나고 오락이 끝나면 할아버지는 또다시 우리의 손을 잡고 가게로 향했다.

당시에는 '할아버지는 왜 나만 보면 웃으실까? 오락하는 우리를 보는 게 지루하진 않으신가?'라는 생각을 했다. 그로부터 몇 년 후 할아버지의 건강이 급격히 나빠졌을 무렵, 이제는 반대로 우리가 할아버지를 물끄러미 바라보게 되었을 때 비로소 알게 되었다. 그저 바라본다는 것이 어떤 의미를 가지는지.

누군가의 행복과 안녕을 바라는 마음을 전하는 것엔
그 어떤 미사여구도 거추장스러울 뿐이다.
누군가를 그리워하고 사랑하는 마음에는
그럴싸한 단어도, 거창한 음절도 필요 없다.

흔들림의 이유

나는 연애할 때 최대한 상대방에게 맞춰주려 노력하는 편이다. 나의 소리 없는 배려를 상대방이 듣고 있는지는 모르겠지만, 내 딴에는 누구보다 큰 노력을 기울인다고 여기고 있다. 상대방과 함께하는 일련의 만남들이 내 삶에 지대한 영향을 끼치지 않는다면 굳이 의견을 내세우지 않았다. 상대가 하고 싶어 하는 일을 하는 것이 곧 나의 연애 방식이었다. 물론 그렇다고 내 의견이 전적으로 없는 것은 아니다.

그런데 언제인가 나의 연애 가치관이 송두리째 흔들린 적이 있었는데, 어느 친구와 이별하는 과정에서 그녀가 내게 던진 한마디 말 때문이었다.

"나중에는 착한 사람 하지 말고 나쁜 사람 해."

당시에는 생각할 겨를이 없었지만 시간이 지나 누군가와의 만남과 헤어짐에 대한 두려움이 없어졌을 때, 조금은 나를 멀리서 바라볼 수 있게 되니 그녀의 말이 다시금 생각났다. '내가 상대방에게 맞춰주는 것이 잘못된 걸까?', '내가 화를 내지 않아서 그런가?' 내 생각은 나를 부정하고, 탓하고, 후회하는, 이상한 방향으로 흘러가고 있었다. 이런 혼란에서 벗어나고자 친한 형에게 전화를 걸었고 형의 한마디는 내게 큰 위로가 되었다.

"성훈아 너무 동굴로 들어가려고 하지 마. 너 잘해왔잖아."

이 말은 그간 내가 스스로 던졌던 질문들의 방향을 바꿨고, 어딘가 발전적이고 진취적인 새로운 방향으로 질문하게 했다.

'내가 상대방에게 맞춰주려 노력하는 이유는 과연 무엇인가?'

이렇게 스스로 질문을 던지자 조금씩 뿌연 안개가 걷히고, 보이지 않던 것들이 보이기 시작했다. 나는 상대방의 기쁜 모습을 보고 행복을 느끼는 사람이었다. 내가 사랑하는 사람의 행복은 곧 나의 행복이었다. 그것을 깨닫고 나니 모든 것이 해결되었다. 내가 주변 사람들에게 선물을 자주 하는 이유도, 내가 사람과의 관계에 있어 많이 힘들어했던 이유도 명확히 알게 되었다.

헤어지는 과정에서 그녀가 내게 했던 말은 나를 다시 생각하게 했다. 스스로를 돌아보게 해준 점이 퍽 고맙지만, 나는 그렇게 나쁜 남자, 나쁜 사람으로 살고 싶은 마음은 없다. 그것은 나의 옷이 아니다. 그 모습은 내게 하나도 멋있지 않다.

열쇠와 자물쇠

"우린 잘 안 맞는 것 같아."

그야말로 진부한, 누구나 한 번은 해봤음 직한 전형적인 이별 사유다. 그러나 그 누구도 이 문장을 대신할 만한 사유를 찾지 못했다. 그 누구도 '안 맞는 것 같다'라고 통보하는, 마치 숙명(宿命)과도 같은 저 아리송한 답변에 명쾌히 반박할 만한 대답을 찾지 못했고, 나도 그렇다.

과연 잘 맞는다는 것은 무엇일까? 또 잘 안 맞는다는 것은 과연 무엇을 의미하는 것일까? 성격이 잘 맞고 안 맞고, 대화가 잘 맞고 안 맞고, 마음이 잘 맞고 안 맞고, 코드가 잘 맞고 안 맞고. 맞는다는 것, 대체 무엇을 뜻하는 것일까?

우리가 열쇠로 자물쇠를 열기 위해선 열쇠와 자물쇠 구멍의 모양이 정확히 반대여야 한다. 그렇다면 이것은 잘 맞는 것일까? 아니면 안 맞는 것일까?

아직 나는 잘 모르겠다. 언제쯤이면 알게 될까?

이런 생각을 해본다. 4만 년 전 동굴 속에서 벽화를 그리던 우리네 구석기 조상들의 그 시절에도 분명 헤어짐과 이별이 있었을 텐데, 그때도 아마 '우리는 잘 안 맞는 것 같아' 하며 서로에게 이별을 통보했을 거라고.

오랜 시간이 지나도 그대로인 것을 보면 '잘 맞는다'라는 의미를 제대로 이해한다는 것은 풀 수 없는 우리 인간의 수수께끼 중 하나일지도 모른다.

물의 속도, 생각의 속도

언젠가 반포 한강공원에 갔다. 주변 어둠을 배경 삼아 다리에서는 무지개색 물들이 찬란하고 수려하게 떨어졌다. 나는 멍하니 낙수(落水)를 바라보며 생각의 강으로 잠수(潛水)했다.

'누군가 지금 내게, 내가 바라보고 있는 저 한강의 유속(流速)을 묻는다면 나는 어떤 대답을 해야 할까? 물의 표면 속도를 측정해야 할까? 아니면 가장 깊은 물에서의 속도를 측정해야 할까? 아마 물의 표면 속도를 측정하리라. 그것이 우리가 지금 바라보고 있는 물이니까. 그것이 우리가 지금 마주하는 현실이니까.'

사람들과 대화를 나누다 보면, 신기할 정도로 긍정적인 사람들이 있다. 힘든 상황임이 분명한데 짜증 한번 내지 않고 묵묵히 웃어넘기는 사람들이 있다. 과연 그들의 찬란한 물결의 웃음이 그들의 마음을 대변하는지는 의문이다. 마치 물의 표면 속도가 물의 전체 속도를 대변하지 못하는 것처럼.

가끔은 그들의 표면이 아닌 바닥을 위로할 수 있는 마음을 갖고 싶다.

노이즈 캔슬링

최근 몇 년간 쓰던 이어폰을 바꿨다. 바꾸게 된 여러 이유가 있지만 가장 큰 이유는 노이즈 캔슬링 기능을 써보기 위해서다. 노이즈 캔슬링이란 주변 소음을 막아주는 기능이다. 이어폰을 바꿀 당시에는 지하철을 타고 통학하던 때라 이 기능은 내게 필수적이었다.

노이즈 캔슬링의 원리를 이해하기 위해서는 먼저 '소리'의 특성을 알아야 한다. 소리는 파장이다. '파장(波長)'을 쉽게 이해하려면 잔잔한 호수를 떠올리면 된다. 잔잔한 호수에 아주 작은 돌이 하나 툭 하고 떨어지면 그 지점을 동심원으로 파원이 커져간다. 이것이 바로 파장이다. 파장은 에너지를 전달하는 방식이다. 파장은 특이한 특징이 있는데 바로 '간섭(干涉)'이 존재한다는 것이다. 간섭에는 보강 간섭(파장의 진폭이 커지는 간섭)과 상쇄 간섭(파장의 진폭이 작아지는 간섭)이 있다. 서로 모양이 비슷한 파장은 서로 합쳐지면서 진폭이 커지고, 모양이 반대인 파장은 서로 합쳐지며 진폭이 작아진다. 진폭은 소리의 크기라고 생각하면 된다. 비슷한 모양의 소리는 서로 합쳐지면서 소리가 커지고(보강 간섭) 서로 다른 모양의 소리는 서로 합쳐지면 소리의 크기가 작아진다는 것(상쇄 간섭)이다. 이 상쇄 간섭이 노이즈 캔슬링의 기초 원리이다.

파장을 떠올리면 생각나는 사람이 있다. 바로 프랑스의 물리학자 드브로이(Louis Victor de Broglie)이다. 드브로이는 '물질파'라는 개념을 최초로 실험을 통해 입증한 사람이다. 물질파는 물질이 파장의 특성을 가질 수 있음을 의미한다. 우리 인간도 각자의 고유한 파장을 가지고 있다. 상대와 시너지를 내는 긍정의 파장을 가진 사람이 있는 반면, 오히려 만나면 힘이 빠지고, 서로에게 괴로움의 파장을 전하는 이들도 있다. 이제 이 글을 읽고 파장과 간섭에 대해 알게 된 우리, 간섭을 하고 싶다면 조화와 화합을 이루는 '보강 간섭'을 하며 살기를.

삶,

역설이 참인 명제가 되는

이어달리기

나는 한눈에 알아볼 정도로 몸이 호리호리하다. 그래서인지 남들보다 달리기를 잘했고, 덕분에 운동회의 꽃인 이어달리기에서는 언제나 마지막 주자로 뛰었다. 이어달리기의 규칙은 아주 간단하다. 바통을 다음 주자에게 전달하고, 이를 건네받은 주자는 그다음 주자에게 바통을 다시 전달하며 달리면 될 뿐이다.

언제였을까. 날이 조금은 더웠을 무렵, 어린이대공원에 간 적이 있다. 그곳에 있는 잔디 광장에서 어린아이들이 이어달리기를 하는 것을 보고 있자니 어디선가 본 이런 문장이 떠올랐다.

'우리의 삶은 이어달리기와 같다.'

초등학교를 졸업할 즈음이면 꼭 학교에서는 설문조사를 했다. 흰 우유를 배급하는 것이 좋을지? 아니면 다양한 맛의 우유를 배급하는 것이 좋을지? 그때 대부분의 친구들은 흰 우유를 배급하는 것이 좋다고 투표했던 것으로 기억한다. '내가 흰 우유를 먹었으니까 너희도 흰 우유를 먹어야 해!' 아마도 일종의 복수였던 것 같다. 군대에서도, 사회에서도 마찬가지였다. 내가 선임 혹은 상사가 되었을 때, 내가 당한 만

큰 후임을 괴롭힌다. 그런데 가장 신기한 것은 이 이론이 연애에도 적용된다는 것이다. 전 연인에게 받은 것을 현 애인에게 전달한다. 우린 당연히 과거를 통해 현재를 겪고 미래를 준비한다. 신이 인간에게 준 가장 큰 선물이 '망각'이라지만 완전한 망각을 주지 않는 것도 분명 신의 계획일 것이다. 우리는 불완전한 망각에서 비롯된 무언가를 이어달리기의 주자들이 다음 주자에게 바통을 넘기듯 상대에게 전달한다.

그러나 꼭 기억해야 할 것이 있다. 이어달리기에서 마지막 주자는 반드시 바통을 들고 결승점을 통과한다는 것을. 내가 들고 있는 바통으로 내가 힘들었다면, 내가 마지막 주자가 되어 경주를 끝낼 수 있다는 사실을 우리는 기억하고 살아야 할 것이다.

그래, 이어달리기는 우리의 삶과 닮아있다.

진짜 자존심이 있다는 건

　사회 경험이 쌓이다 보면 고개를 숙여야 할 때와 그렇지 않을 때를 구분할 수 있는 능력이 중요하다는 것을 알게 된다. 상대방에 대한 무조건적인 사과는 '나'라는 사람의 크기를 작게 만들 수 있으며, 이는 상대의 태도를 더 거만하게 만들 수 있다. 하지만 고개를 숙이지 않는 것은 때때로 잘못을 인정하지 못하는 행위로 보이기도 해서, 상대방과 멀어지게 만들 수도 있다. 따라서 자존심을 부려야 할 상황과 상대를 잘 구분하는 일은 인간관계에서 매우 중요하다. 그러면 과연 이를 구분하는 기준은 무엇일까? 물론 정답은 없을 것이다. 그러나 내게 있어 자존심을 부리는 상황의 기준은 '공(公)과 사(私)'의 구분이고, 자존심을 부리는 상대의 기준은 '마음의 유무(有無)'이다.

　자존심이란 '남에게 굽히지 아니하고 자신의 품위를 스스로 지키는 마음'이라는 사전적인 의미를 가진다. 내가 여기서 주목하는 것은 품위라는 단어이다. 난 개인적으로 내가 사랑하는 사람들이 평가하는 나의 품위가 중요한지는 잘 모르겠다. 물론 대외적인 사람들의 평가는 중요하다. 그래서 공적인 일에 있어서는 자존심을 부리려고 한다. 하지만 내가 좋아하는 사람들이 나를 작게 평가하는 것은 나에게 크게 중요하지 않다.

친구, 가족, 연인들을 비롯한 사람들이 싸우는 이유는 여러 가지가 있겠지만 자존심이 가장 큰 이유라고 생각한다. 서로 손에 칼을 쥐고 있기 때문에 싸우는 것이다. 만약 본인의 친구 혹은 연인이 칼을 들고 싸울 채비를 마쳤을 때, 내가 조용히 칼을 내려놓고 가만히 앉아 있다면 상대방이 날 죽이려고 달려들까? 아마 그렇지 않을 것이다. 그래서 나는 사랑하는 사람들에게는 자존심을 세우려고 하지 않는다.

작아야 비로소 보이는 것

온도계가 꼭 필요한 어느 실험에서였다. 그 실험은 가열된 작은 피복관 시편 단면의 온도를 측정하는 것이었다. 시편의 단면은 두께가 0.57mm인 도넛 모양이었다. 첨언하자면 저 정도의 두께는 손톱 정도의 두께라고 보면 된다. 나는 그 작은 면적의 온도를 측정해야 했다.

온도계를 포함한 대부분의 계측기는 해상도라는 값을 가진다. 이는 측정할 수 있는 최소 범위를 의미한다. 올바른 계측을 위해서는 내가 측정하고 싶은 크기보다 작은 범위를 측정할 수 있어야 한다. 눈금이 없는 1m 길이의 자는 30cm를 측정할 수 없다는 말이다. 나는 우리의 생각과 감정에도 해상도가 있다고 생각한다.

나는 함부로 상대의 심정을 공감하거나, 생각을 예단하는 것을 극도로 경계한다. 누군가의 아픔과 고통을 헤아리기엔 내가 겪었던 일들이 그들보다 예민했다고 확신할 수 없기 때문이다. 나는 철저하게 '상대보다 더 아프고, 더 고통스러워야만 비로소 그들의 고통과 아픔을 이해할 수 있다'고 믿는다.

나는 누군가를 동정하고 싶지 않다. 나의 작고 작은 그릇에도 가득 차지 못한 경험과 인격적인 소양이 누군가의 상처를 들추게 하고 싶지 않다.

이상한 이상(理想)

서점에 가면 반드시 하는 나만의 루틴이 있다. 먼저 과학 관련 서적이 나열되어 있는 진열대로 간다. 책을 둘러보면서 요즘 어떤 주제의 과학 혹은 공학이 대세인지 살핀다. 몇 년 전 알파고와 이세돌 기사의 대국이 끝난 후에는 과학 관련 서적 대부분이 AI를 다루고 있었는데, 점차 AI의 열기가 식더니 배터리에 관한 책이 주를 이루다가, 지금은 양자역학 분야의 서적들이 인기가 제일 많은 듯하다. 그렇게 과학 서적을 한번 쭉 살펴보고는 에세이와 자기계발서가 모여 있는 진열대로 향한다. 진열대로 향하면서 오늘은 꼭 한 권만 사겠다고 마음을 먹는다.

진열대 앞에 서서 가장 먼저 살피는 것은 책의 제목이다. 제목이 맘에 들었다 싶으면 책을 펼쳐본다. 내가 좋아하는 책은 내용이 짧은 책이다. 내용이 짧다는 것은 책의 두께가 얇은 것을 의미하는 것이 아니라 호흡이 짧은 내용들이 여러 편 들어있는 책을 말한다. 내 생활의 특성상 호흡이 긴 책은 읽을 방도가 없기도 하고, 개인적으로 무언가 가르침을 주는 책을 선호하기 때문이다. 그래서 가장 좋아하는 장르가 에세이와 자기계발서이다.

에세이나 자기계발 분야도 과학 서적과 마찬가지로 시대의 흐름이 있다. 약 10년 전까지만 해도 대부분의 에세이와 자기계발서는 무언가에 미치라고 말했다. '10대, 공부에 미쳐라', '20대, 재테크에 미쳐라', '60대, 이제 청춘이다. 공부에 미쳐라' 등등. 이렇게 우리 사회는 모두에게 미치라고 소리쳤다.

시간이 흘러 한 번의 변화는 있었다. 미디어에서 소확행(소소하지만 확실한 행복)이나 욜로(YOLO : You Only Live Once)족에 관한 이야기를 멋지게 꾸며내기 시작했을 무렵 행복을 찾는 방법에 관한 책들이 나오기 시작했다. 그런 부류의 책에서 자주 나오는 단어들이 있다. 퇴사, 눈치, 자아. 남에게 휘둘리지 말고 자기 삶을 살라고 외치는 것이다. 그러다 최근에는 또 흐름이 바뀌었다. 이제는 '위로'다. 마음을 가꾸는 법에 관한 책들이 진열대의 주연이다. 요즘 책에서 자주 등장하는 단어는 사랑, 희망, 용기다. 이런 것을 보며 쓴웃음이 나왔다. 욜로족들이 미래를 바라보지 않고 현재만 추구하고 살아가다가 인생을 망치고 위로받기 위해 서점에 들러 책을 펼치는 모습이 연상되었기 때문이다.

물론 나는 욜로족을 동경한다. 그들이 삶을 대하는 방식은 사뭇 이상적이다. 분명하지 못한 미래에 투자하느니 확실한 현재에 투자하겠다는 생각이 만들어내는 삶의 방식과 태도는 나에게 깊은 울림을 주었다. 그렇다. 우리에게 분명한 미래는 없고, 내일 일어날 일을 정확히 아는 사람도 없다. 아니, 분명하게 말하면 미래는 없다. 우리는 언제나 현실에 살며, 단 한순간도 미래에 살지 못한다. 〈우리는 이렇게 살 겠지〉의 신용목 작가의 말을 빌리면 "미래는 언제나 죽어서 도착한다" 그렇기에 한때, '지금'에 투자하는 것이 옳다고 생각했다.

그러나 나의 생각은 금방 제자리로 돌아왔다. 그것은 분명 이상(理想)이었다. 이상을 꿈꾸는 것은 언제나 옳다. 그러나 꿈속에서만 있을 수는 없다. 꿈은 우리가 깨야 할 껍데기와 같은 것이며, 깨어지지 않는 다면 그것은 꿈이 아니다. 우리는 꿈에서 깨어나 '현실'을 살아야 한다.

사람이란 반드시 행복해야 할 존재다. 그렇다면 과연 매 순간 행복 해야 하는 것일까? 슬프게도 매일 행복한 사람은 없다. 그게 현실이고 그게 세상이다. 우리 인간은 불행하기에 이상을 찾으려 하고, 슬프기에 행복을 찾으려 한다. 사람은 이상을 꿈꾸며 살아야 한다는 말에는 분명 동의한다. 인간은 진정한 삶의 의미를 찾고, 사람의 의미를 고민 하며, 사랑을 가꾸며 살아야 한다. 그렇지만 매일 꿈만 꾸는 사람은 현 실이 없다는 것 역시 잊지 말아야 한다.

장마

장마를 끔찍이도 싫어했다.

끊임없는 비로 인한 습기, 비 내리는 소리에 젖은 새벽 같은 대낮. 아침에 잠에서 깨는 순간부터 기분이 좋지 않았다.

어느 비 오는 날, 조용한 독립서점으로 발걸음을 향했다. 잘 다듬어지지 않은 글에서 느껴지는 투박함을 좋아하기에 나는 자본 냄새나는 대형서점보단 독립서점을 좋아한다. 달콤한 달고나 향과 쓸쓸한 커피 향이 더 이상 느껴지지 않을 때쯤 무지개와 함께 해가 떴다. 어두웠던 만큼 하늘은 밝아졌고, 찌뿌둥했던 습기는 어느새 무지개색으로 물들었다.

그날의 하늘을 잊을 수가 없다.

보존 법칙

과학을 공부하는 사람이라면 어떤 현상에 대한 공식을 만들 때 반드시 고려하는 세 가지 식이 있다. 질량, 에너지, 운동량 보존에 관한 식이다. 식의 의미는 초등학생도 단번에 이해할 수 있을 정도로 직관적이다. 질량, 에너지, 운동량은 갑자기 사라지거나 생성되지 않으며 들어온 만큼 저장되거나 나간다는 것이다. 즉, 100을 받으면 100을 모두 버리거나 30은 저장하고 70을 버려야 한다는 것이다.

우리의 삶의 여정에서도 모든 관계를 유지함에 있어 보존 법칙은 늘 성립한다. 끝을 향해 흐르는 삶의 강물을 건너면서, 기억이라는 조각으로 완성되는 삶이란 퍼즐을 맞춰가면서. 유한한 우리가 상대에 대한 무한한 기억을 갖기 위해선 그만큼 때때로 그 기억을 비워야 하며 스스로를 걷어내야 하는지도 모른다.

산에 오르면 보이는 것

이따금 친구들과 이런저런 이야기를 나누다 보면 주제는 어느새 '성공(成功)'에 대한 정의로 넘어간다. 어떤 친구는 경제력을 성공의 지표로 여기는가 하면, 어떤 친구는 성공은 경제력이 아니라 명성이라는 이야기를 한다. 사람마다 성공의 기준은 수만 개의 색처럼 비슷하면서도 다르다.

어느 봄날, 제주도에서 열린 학회 덕분에 교수님, 연구실 식구들과 함께 한라산을 등정했다. 편평한 포장길을 걷다가, 터덜터덜 모랫길을 걷고, 끊임없는 돌길을 힘겹게 벗어나 정상까지 40분 정도 남았을 무렵, 문득 내 밑에서 올라오는 사람들을 바라보게 되었다. 이때야 비로소 내가 그토록 고민했던 성공의 이유를 조금 알게 되었다. 수년간 도대체 왜 성공해야 하는지 알지 못하고 내 발만 바라보며 걷고 있었지만, 작은 발에서 벗어나 고개를 들어 저 멀리 하늘을 바라보니 미처 몰랐던 나, 새로운 내가 보이기 시작했다. 나는 그들을 기다리며 이런 생각에 잠겼다.

'높은 곳에 올라서야만 나보다 조금 늦게 시작한 사람들이 보이는구나. 내가 올라갈 길이 급하면 아래를 둘러볼 여유가 없구나.'

흔들리는 나침반은 없다

나에게는 나와 성격이 정반대인 세 살 터울 형이 있다. 우리 형은 꽤 예민하다. 어릴 때는 자주 싸우기도 했지만 가장 친한 친구였고 부모님이 일을 나가셨을 땐 아빠이기도 했다.

내가 공부를 시작한 이유도 형 때문이었다. 우리 형의 어릴 적 장래 희망은 호텔리어였다. 시간이 조금 지나고 보니 나의 장래 희망은 어느새 호텔리어가 되었고, 형의 장래 희망이 파일럿으로 바뀌었을 땐 나의 장래 희망도 어느새 파일럿이 되었다. 그땐 형이 하는 모든 것이 멋있어 보였다. 그래서였을까 형이 하고 싶어 했던 것들을 나도 하고 싶었다.

하지만 서로의 삶은 다른 방향으로 흘렀고 현재는 너무 다른 일을 하고 있다. 나는 공학을 공부하는 공학도이고 형은 펀드 매니저이다. 서로 다른 길을 걷고있기에 도움을 줄 수 있는 부분이 적었지만, 우리는 언제나 서로를 지지하고 응원하고 있다.

우리는 어릴 때부터 꿈을 강요받았고, 장래 희망을 일찍 정하는 것이 당연하다고 교육받았다. 학기 초에는 장래 희망을 적어서 내야 하는 가정통신문을 받았으며, 빈칸으로 제출할 수도 없었다. 나는 다행히도 형의 장래 희망으로 공란을 채울 수 있었지만 한편으론 이런 생각이 들었다.

'장래 희망이 반드시 있어야 할까? 아니 꿈이 반드시 있어야 할까?'

그렇다. 반드시 있어야 한다.

하지만 찾으려고 노력하지 않아도 된다. 운명론적인 이야기일 수도 있지만 언젠가 본인이 하고 싶은 일은 찾아온다.

나침반은 어디서 보더라도 항상 같은 방향을 가리키고 있다. 하지만 자석을 가까이 가져가면 자침의 방향이 이리저리 흔들린다. 어쩌면 우리의 꿈도 나침반과 같아서, 자력을 가진 다른 이들의 생각과 영향 혹은 다양한 장애물들 때문에 이리저리 방향이 흔들릴지 모른다. 그렇게 어려움과 시련이 우리의 길을 가로막아도 장애물들을 하나하나 이겨내고 발걸음을 내딛다 보면 어느새 삶의 나침반은 분명 한곳을 가리키고 있을 것이다. 그곳이 바로 내가 가야 할 곳이다.

꿈을 꾸다

내가 살아온 세상은 언제나 넘치듯이 쏟아지는 사랑으로 가득했다. 아니, 가득하다 못해 차고 넘쳤다. 그래서였을까? 어릴 적부터 나의 꿈은 '좋은 아빠'가 되는 것이다. 내가 바라보고 존경해왔던 우리 아빠와 같은 사람이 되어 우리 엄마와 같은 사람과 함께 평생을 살아가는 게 꿈이다.

우리는 언제부터인가 꿈과 장래 희망을 혼동했고, 나의 꿈은 늘 누군가에게 평가받아왔으며 그 평가는 언제나 부정적이었다. "남자라면 좀 더 큰 꿈을 꿔야지"라는 말이 내게로 달려들었다. 나에게 좋은 아빠가 되겠다는 꿈은 그들의 생각처럼 그리 가벼운 꿈이 아니다. 좋은 아빠가 되겠다는 것은 우선 좋은 사람이 되어야 하며 가장의 역할을 다하기 위해 경제력, 사회적 위치 등 많은 것이 필요하다. 가장 중요한 것은 그 꿈을 죽을 때까지 이루지 못할 수도 있다는 것이다.

다시금 꿈의 의미를 되새긴다. 그리고 나는 나의 꿈을 평가했던 그들에게 다시 묻는다.

"그대들의 꿈은 안녕한가?"

나의 꿈은 다행히도 무사하며 안녕하다.

바라보아야 바로 보인다

캔버스에 그림을 그리는 것은 나의 오래된 취미이다. 내가 그리는 그림은 의미를 가진다. 예컨대 물속에 있는 달, 모래시계에 떨어지는 모래를 막고 있는 사람. 현실에서 볼 수 없기에 의미를 지니는 그림을 그린다. 한때, 개인 전시회를 하겠다고 다짐한 적도 있었다.

군대에 있을 때 미대에 다니고 있던 동기에게 물었다. "어떻게 하면 그림을 잘 그릴 수 있어?" 내가 예상한 대답은 "많이 그려봐야 해, 색을 잘 조합해야 해" 그 정도였다. 그러나 돌아온 대답은 잊을 수 없이 명쾌했다.

"우린 그림을 못 그리는 게 아니라 제대로 보지 않고 있는 거야."

본인이 던진 이야기에 내가 어떤 깨달음을 얻었는지는 아무런 관심도 없다는 듯, 동기는 나에게 토끼를 그려보라고 했다. 호기롭게 토끼의 얼굴을 그렸으나 금방 펜을 내려놓을 수밖에 없었다. 토끼에 대한 대강의 모습은 알지만, 자세한 모습은 알지 못했기 때문이다. 더 이상 그릴 수 있는 것이 없었다.

동기의 이야기를 빌리자면, 그림을 그리고자 한다면 먼저 자세히 보는 습관을 지녀야 한다. 이는 우리 삶의 모든 문제에서도 적용될지 모른다. 문제를 빠르게 해결하고자 하는 조급함과 발생한 문제에 대한 책임 회피는 원인을 바로 보지 못하게 하며, 실체를 바로 보지 못하게 한다. 문제를 해결하고 싶은가? 그렇다면 문제, 그 자체부터 지그시 오랫동안 바라보아야 바로 보인다.

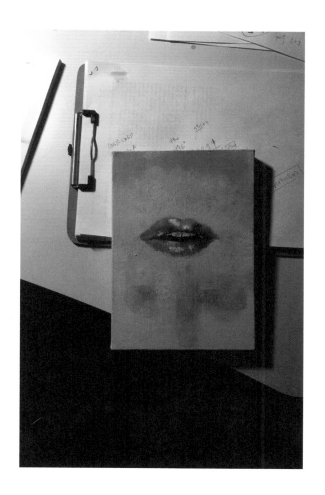

올바른 답이 나오기 위해선

살다 보면 인생의 의미에 대해 하루에도 몇백 번씩 자문한다. '왜 살아가는 것일까? 나는 대체 어디로 와서 어디로 가는 중일까?' 실험을 하다가 잠깐 바람을 쐬러 실험실을 박차고 나왔을 때도 인생의 방향성에 대해 고민한다. 분명 이 고민은 나만의 것이 아니다. 직장인도, 학생도, 잠깐 쉬고 있는 사람들도 고민투성이다.

미국의 물리학자 리처드 파인만(Richard Feynman)은 질문의 중요성을 설명하면서 이렇게 말했다.

"왜? 라는 질문에 명확히 답하기 위해서는 자신이 이해하고 있는 것이 무엇인지 정확히 알아야 하고, 이해하고 알게 된 것을 받아들일 수 있어야 하며 이해하지 못한 것도 인정해야 한다."

과연 나는 내가 알고 있는 것과 모르고 있는 것을 명확히 구분할 수 있는가? 아니 모르는 것을 모른다고 말할 수 있는 사람인가?

학부 시절 시험에 이런 문제가 나왔다. "… 가해지는 힘의 크기는?" 기를 쓰고 답을 냈다. "50N" 하지만 답을 알게 된 순간 멍해졌다.

답은 "부정정, 구할 수 없음" 숫자에 집중한 나머지, 문제에 집중하지 못했던 것이다. 내가 이해했어야 하는 것은 문제였지만 숫자에 머물러 버리고 말았다.

그렇다. 우리가 살아가면서 던지는 많은 문제는 답이 나오지 않는다. 아니 답이 있는 문제가 아닐지도 모른다. 답이 나오지 않는 것이 우리의 능력 부족일 수도 있지만 때로는 질문 자체가 잘못되었을지도 모른다. 그러니 답이 나오지 않는다면 질문을 바꿔보는 건 어떨까?

'왜?'가 아닌 '어떻게' 살아갈 것인가?라고.

나와 삶, 그리고 일의 벤다이어그램

벤다이어그램은 집합의 관계를 시각적으로 표현하는 그림이다. 집합을 동그라미로 표현하고 동그라미를 서로 겹치고 배제하며 원소의 포함 관계를 표현한다.

나는 다른 사람들보다 공부를 조금 더 오래 하고 있는 대학원생이다. 내가 대학원생이라는 것을 말하면 백이면 백 진학의 이유를 묻는다. 내가 지금 공부하고 있는 이유는 명확하고 간단하다.

일을 구분하자면 총 세 가지로 구분할 수 있다고 생각한다. '해야 하는 일', '할 수 있는 일', '하고 싶은 일'이다. 세 가지의 일 중 어느 하나 포기할 수 있는 일은 없다. 만약 하나를 포기한다면 나머지 두 가지 종류의 일이 위협받는다. 또한 한 가지의 일만 하고 살 수도 없다. 하고 싶은 일만 하고 사는 사람은 단언컨대 없다.

세상을 열심히 살아가다 보면 언젠가 이 세 가지의 일에 교집합이 생긴다고 믿고 있다. 내가 해야 하는 일이 곧 할 수 있는 일이고, 내가 하고 싶은 일이 되는 바로 그 시점이 오리라 믿는다. 이것이 내가 대학원에 진학한 이유이다. 혹여 내가 하고 싶은 일이 해야 하는 일이라는 이름으로 나에게 주어졌으나, 나의 능력 부족으로 인해 그 일을 할 수 없게 된다면? 만약 그런 상황이 벌어진다면 그 일로 인해 생기는 자괴감을 이길 자신이 없다. 그렇기에 나는 지금 능력을 키우는 중이다. 내가 할 수 있는 일의 영역이 커진다면 교집합의 부분이 커지지 않을까 하는 기대 때문이다.

언젠가 기회의 신은 앞머리만 있어서 떠나면 잡을 수 없다는 이야기를 들은 적이 있다. 그렇다. 기회는 우리를 기다려 주지 않는다.

3.141592..., 1.414.. 당신은 이들이 어떤 숫자인지 아는가? 첫 번째는 원주율을 의미하는 파이(π)이고, 두 번째는 $\sqrt{2}$를 소수로 표현한 것이다. 그렇다면 2, 8, 20, 28, 50, 82, 126이 무엇인지 아는가? 아는 사람은 많지 않을 것이다. 이는 바로 매직 넘버(magic number)라고 불리는 숫자이다. 매직 넘버는 원자핵을 이루고 있는 중성자와 양성자의 결합력이 상대적으로 큰 질량수를 의미한다. 굳이 이해하려 하지 않아도 된다.

공부의 의미는 무엇일까? 우리가 공부를 하는 이유는 무엇일까?

요즘 젊은 사람들의 무분별한 투자를 걱정하는 기사가 폭포처럼 쏟아져 나온다. 증시에 관련한 각종 미디어를 보고 있으면 정말 많은 정보가 한눈에 들어온다. 그렇지만 대부분은 이를 해석할 줄 모른다. 52주 신고가가 무엇을 의미하는 것인지, 공시가 무엇인지, 자사주 매입이 의미하는 바가 무엇인지.

공부하지 않으면 알 수 없다. 이게 바로 공부의 목적이 아닐까? 오늘날 다양한 정보의 홍수 속에서 우리는 더 많이 보기 위해 공부하는 것이 아닐까?

　내가 공부하는 이유, 귀를 열고 들으려고 하는 이유도 그렇다. 많이 보기 위해서다. 그 이상도 그 이하도 아니다.

상대 속도

"인생은 멀리서 보면 희극(喜劇)이고, 가까이서 보면 비극(悲劇)이다."

– 찰리 채플린(Charles Chaplin)

살다 보면 이 말을 뼈저리게 느끼는 순간이 온다. 아니, 매일 찾아온다. '나는 이렇게 힘든데 저 사람은 편해 보이네. 나는 돈도 못 버는데 저 사람은 돈을 많이 버네' 이런 식의 푸념들.

분명 머릿속으로는 행복이 절대적이지 않음을 알고 있지만 마음은 그렇지 않다. 그렇다면 이렇게 평생 살아야 하는 걸까? 아니다. 찰리 채플린의 저 말을 한번 상상해 보자. 누군가 본인은 비극이고 상대는 희극이라고 생각한다. 그 순간 상대방도 생각한다. '나는 비극이고 너는 희극이다.' 이 순간 둘 다 비극이고, 둘 다 희극인 신기한 일이 벌어진다. 과연 이는 무엇을 말하는가? 이 모순적인 상황이 우리에게 주는 교훈은 무엇일까? 바로 삶에서 정해진 답은 없다는 것이다. 답이 없는 문제에선 답이 없음에 투덜댈 게 아니라 내 손으로 답을 만들면 된다.

나의 이번 생은 희극이라고.

행운 총량제

사회적 지위, 경제력, 성별, 나이에 무관하게 누구에게나 동일하게 주어지는 것이 있다. 바로 '행운'이다. 나는 모든 사람에게 동등한 양의 행운이 주어진다고 생각한다. 이 생각은 나를 보다 부지런하게 만들어 주었고, 누구에게나 정해진 행운의 양이 있다는 생각은 어느샌가 내 삶의 원칙이 되었다. 행운의 양은 정해져 있기에 무작정, 아무 때나 행운을 바라는 것은 낭비에 불과한 어리석은 일이다. 게다가 행운만 바라는 것은 자연스레 자신이 할 수 있는 노력마저 부정(不定) 하게 되는 매우 부정적(否定的)인 결과를 불러온다.

예를 들어보자. 내가 중간고사에서 1등을 하고 싶다며 있을지도 모르는 행운의 주인에게 기도한다. 기도에 감동한 행운의 주인이 나에게 행운을 베풀었고, 나는 1등을 했다. 하지만 인간은 오만과 자만의 동물이다. 행운은 어느새 '내 능력'으로 둔갑하고, 이후 나락의 길로 접어들 것이다. 이것이 내가 행운을 최대한 아끼려고 노력하는 이유이다.

행운을 아낀다는 것은 그리 복잡한 것이 아니다. 그저 행운이 끼어들 틈이 없게 노력하면 된다. 하찮은 일 따위를 해결하기 위해 행운을 사용하지 않겠다는 의지이다. 시험에서 1등을 하는 것은 열심히 노력하면 이룰 수 있는 일이다. 나의 노력으로 이뤄낼 수 있는 일에 행운을 사용하고 싶지 않다. 그렇게 조금씩 낭비되는 행운을 아껴서 행운이 작용하지 않으면 이루어질 수 없는 일에 사용하고자 한다. 행운이 작용하지 않으면 절대로 이루어질 수 없는 일이 있다. 그건 바로 인간관계다.

인간관계는 내 노력으로 해결할 수 없다. 두 사람 혹은 그 이상의 사람의 마음이 같은 모양을 하거나 정확히 반대의 모양을 하고 있어야 관계가 유지된다. 누군가와의 관계는 나의 노력으로 만들 수 없으며, 노력으로 만들었다고 생각하는 관계가 있다면 이는 관계라는 이름의 가면을 쓰고 있거나 분명 행운이 작용한 것일 터.

살아오면서 많은 문제가 있었고, 본인 삶에 행운이 존재하지 않았다고 생각하는 이들이 있다면 충분히 기뻐해도 된다. 여러분의 행운의 양은 남들보다 아직 많이 남아 있으니까 말이다.

공감

나는 무조건적인 공감과 이해를 싫어한다. 내가 경험해 보지 않은 일에 대해 혹은 겪어본 상황일지라도, 상대방의 삶을 단 1초도 살아보지 않았으므로 어떤 감정을 가지고 있는지 정확히 알 수 없기에 목구멍을 통해 나오는 말들에 닻을 내린다.

알지도 못하면서 아는 척하는 것에서 오는 섣부름과 조급함이 나의 말을 차갑고 날카롭게 만들어 상대방의 마음을 헤집을까, 눈물을 닦아주는 척 눈을 찌를까 봐 나는 상대에게 쉽게 공감한다는 말을 하지 않는다. 그저 고개를 끄덕일 뿐이다. 진심으로 상대방을 생각하고 있다는 것을 보일 뿐이다.

용접의 인생학(人生學)

실험을 하다 보면 실험 장비에 균열이 생기곤 한다. 대부분의 실험에 있어 균열은 위험하다. 특히나 내가 하는 실험은 고온 증기를 사용하고 내부 온도가 무려 1,200℃에 육박하기에 장비의 균열은 곧 실험의 중단을 의미한다. 실험 장비에 균열이 생기면 우리가 할 수 있는 방법은 보통 두 가지이다. 첫 번째는 균열이 난 부품을 새것으로 교체하는 것이다. 사실 가장 좋은 방법이지만 주문, 발주, 설치 등 많은 과정과 금전적인 손해가 발생하기에 여간해서는 선택하지 않는 방법이다. 두 번째는 용접이다. 균열이 발생한 부위에 용접봉을 녹여 이어 붙이는 것이다. 이는 간단하고 경제성이 있기 때문에 흔히 선택하는 방법이다.

용접은 보통 어떤 금속 물체를 서로 붙이기 위해 사용된다. 용접봉이라는 제3의 금속을 녹여 균열이 발생한 부위 혹은 무언가를 서로 이어 붙인다. 이 과정에서 용접된 부위는 보통 기존 금속에 비해 강한 성질을 갖게 되며, 가장 약했던 부위가 가장 강한 부위로 변하는 모습을 볼 수 있다. 이러한 과정을 통해 용접된 물체는 하나의 덩어리로 통합되어 더 강한 기계적 특성을 갖추게 된다.

우리의 삶도 그렇다. 우리는 살아가면서 자신을 용접하고 사는지도 모른다. 누군가는 자존감이 낮기에 자존감이 높은 척을 하며 자신을 위로하려 노력하고, 어떤 사람들은 본인의 지적인 부족함을 부끄러워하여 똑똑한 척을 하며 억지로 가면을 쓰곤 한다. 가장 강한 부분이 가장 약했던 부분일 수도 있다는 말이다. 그래서 가끔은 누군가의 가장 강한 부분을 위로할 수 있는 마음이 필요한 것이다.

잠열

고체가 액체로, 액체가 기체로 변할 때, 온도 상승의 효과가 나타나지 않고 단순히 물질의 상태를 바꾸는 데 쓰이는 열을 '잠열(潛熱)'이라고 한다. 쉽게 말하면 일반적인 대기압에서 물이 끓기 시작해서 100℃에 이르면 물은 수증기로 바뀐다. 물이 끓기 시작한다면 물을 아무리 가열해도 물이 완전히 수증기로 바뀌기 전까지 물의 온도는 상승하지 않는다는 말이다.

나는 공부할 때, 잠열 덕분에 많은 위로를 받았다. 조금이라도 공부를 해봤던 사람이라면 이해할 것이다. 성적은 공부한 만큼 늘어난다. 하지만 꾸준히 늘어나지는 않는다. 처음엔 성적이 차츰 상승되다가 어느 순간 정체라는 것이 온다. 성적이 오르지 않는 시점이 분명 존재한다는 것이다.

나는 이때가 상변화의 시점, 폭발적인 변화를 위해 힘을 모으는 과정이라고 생각한다. 그러나 이때가 가장 힘든 시기이다. 노력 대비 결과가 '0'이기 때문이다. 꾸준히 공부했는데 그에 대한 결과인 성적 변화가 나타나지 않는다. 하지만 우리는 알아야 한다. 이때 멈추면 진짜 끝이라는 것을. 조금만 더 버티면 내가 생각했던 것을 뛰어넘는 결과가 나를 기다리고 있음을. 〈그럼에도 눈물 흘리는 것은〉의 김병철 작가는 이렇게 말했다.

"지금 그대의 날갯짓은
날기 위해서가 아닌
세상에 맞서 저항하는 발버둥이며
삶의 균형을 맞춰가는 몸짓이니

어느 날,
이쯤이면 됐다 싶은 날이 온다면 날자
구름조차 보이지 않을 만큼 높은 곳으로"

욕망

지도 교수님과 이런저런 사담을 하는데 이런 말씀을 하셨다.

"성훈아, 서울이란 도시는 우리에게 같은 욕망을 주입하는 것 같아."

나는 마트의 자동문이 열리듯 연신 고개를 끄덕이며 동의하는 척하고 있었지만 사실 그 말이 무슨 의미를 가지고 있는지 이해되지 않았다. 갑자기 서울이란 도시에 욕망이라는 단어를 붙인다? 무슨 말씀이실까? 교수님께서는 말씀을 이어갔다.

"내가 서울이란 도시에서 살다 보니까 어느 순간 모든 사람이 같은 욕망, 같은 욕심을 꾸고 있는 것 같아. 돈을 많이 벌어야 하고, 그 돈으로 좋은 차를 사야 하고, 그리고 좋은 집을 사야 하는 것 같더라고 근데 이게 과연 행복일까?"

정말이지 망치로 한 대 맞은 기분이었다. 어지러웠다. 내가 그동안 열심히 살았지만 텅 빈 기분이 드는 이유를 찾은 것 같았다. 삶의 이유를 찾은 느낌이었고, 깊은 물에서 나온 기분이었다.

신이 없을지라도

내게는 두 가지 삶의 철학이 있다. 첫째는 누군가가 나를 바라보고 있다고 생각하며 살아가자는 것이고, 둘째는 행운의 양이 누구에게나 동일하다는 것이다. 누군가가 나를 바라보고 있다고 생각하며 살아가는 것은 남들이 보기엔 그냥 '눈치를 많이 보는 거 아니야?'라고 생각할 수 있지만, 이는 도덕과 양심을 지키기 위한 나만의 방식이다. 나는 절대 착한 사람이 아니다. 아니, 오히려 악한 사람에 가까울지도 모른다. 가끔 상대를 향해 괴성을 지르고 싶은 감정이 들 때도 있고, 모든 걸 다 그냥 엎어 버리고 싶다는 생각도 한다.

〈팡세(Pensées)〉의 저자 파스칼(Blaise Pascal)은 이런 말을 했다.

> "신이 있다는 것을 믿는 것처럼 살아라.
> 만약 신이 있다고 하면 얻는 건 무한하다.
> 하지만, 만약 신이 없다고 해도 잃는 건 하나도 없다."

역시 위대한 수학자답게 파스칼은 자신의 철학을 확률의 가치로 전파한다. 파스칼의 이 말은 내 첫 번째 삶의 철학을 세우는 동인(動因)이 된 문장이다.

나는 오늘도 누군가가 내 행동을 보았을 때 눈을 찌푸릴지, 아니면 미소를 지을지 생각하고 행동함이 나의 양심과 도덕성을 지키는 데 도움이 되리라 굳게 믿고 살아간다.

경험이라는 함정

과학을 공부하다 보면 직관(直觀)과 사실이 다른 경우가 존재한다. 아마 이것은 배움의 부족과 그 이해의 부재(不在)에서 초래된 결과이리라.

한번 상상해 보자. 하얀 눈이 세상을 덮은 어느 날, 창밖을 보니 벤치 위에 나무로 만들어진 정육면체 조각 하나와 철로 만들어진 조각 하나가 놓여있다. 창밖을 보던 동생이 나에게 묻는다. "형! 나뭇조각이 차가워? 아니면 철 조각이 차가워?" 우린 아무렇지 않게 "당연히 철 조각이 차갑지!"라고 말한다.

아니, 틀렸다.

두 물체의 온도는 동일하기 때문에 무엇이 더 차가운지 구분할 수 없다. 그렇다면 우린 왜 철 조각이 더 차갑다고 한 치의 망설임도 없이, 그 어떤 오류의 두려움도 없이 그리도 당당하게 대답했을까? 그것은 '경험'과 '배움'의 괴리(乖離)에 있다. 우린 이미 겨울에 철봉을 만지는 것이 나무 벤치를 만지는 것보다 차가웠던 경험이 있다. 그러나 이는 절대적으로 철봉의 온도가 낮아서 차가웠던 것이 아니라, 우리가 가지고 있는 열을 철봉이 더 많이 빼앗아 가기 때문에 차갑다고 느꼈던 것이다. 이는 우리의 경험과 배움의 괴리를 극단적으로 보여주는 한 예이다.

살면서 우리가 겪게 되는 수많은 경험은 인생에 어떤 이정표를 제시한다. 하지만 꼭 그렇지 않을 수도 있다. 경험은 오히려 삶을 혼란스럽게 할 수 있다. 아일랜드의 천재 소설가 오스카 와일드(Oscar Wilde)는 이런 말을 했다.

"경험이란 인간이 자신들의 잘못에 대해 붙이는 별명이다."

그렇다. 경험했다고 끝난 것이 아니다. 경험했다고 해서 나의 생각이 옳다고 증명되는 것이 아니다. 따라서 우리는 다시 그 경험에서 가르침을 얻으려고 노력해야 한다. 그 과정을 나는 자기 반조(反照), 자기 성찰(省察)이라 부른다. 이것이 없다면 그 경험은 필시 삶의 혼돈을 불러올 것이다.

흔들리기에 무너지지 않는다

원자력 발전소에서 사용되는 핵연료는 소결체(燒結體)라는 형태로 가공된다. 소결체는 소결이라는 방식을 통해 제작된다. 소결을 쉽게 말하면 가루로 된 핵연료를 고온과 고압에서 하나의 덩어리로 만드는 공정이다. 눈싸움할 때 손으로 눈을 뭉치는 것과 비슷하다고 생각하면 된다. 핵연료는 작은 부피에 많이 들어갈수록 경제적이다. 그러나 제작 과정에서 핵연료에 인공적으로 기공(氣孔)을 만든다. 경제성을 해치면서 기공을 만드는 이유는 '안전'을 위해서다. 기공은 발전 과정에서 나오는 기체 형태의 핵분열 생성물들을 저장하여 핵연료가 부푸는 것을 막아준다.

이기주 작가의 〈언어의 온도〉라는 책에서 저자는 작은 사찰로 들어가 석탑 하나를 바라본다. 석탑 주변을 맴돌고 있을 때 스님 한 분이 안부를 건네며 그에게 묻는다. "얼마나 됐을 것 같나?" 스님은 이야기를 이어 간다. "이곳에 있는 석물은 수백 년 이상 된 것들이 대부분이야. 참, 이런 탑을 만들 땐 묘한 틈을 줘야 해. 탑이 너무 빽빽하거나 오밀조밀하면 비바람을 견디지 못하고 폭삭 내려앉아." 이 말에 저자는 자신의 완벽주의를 반성한다.

그렇다. 세상 모든 것엔 '틈'이 존재해야 한다. 절대 완벽한 것은 존재하지 않는다. 특히 인간관계에서는 틈이 무엇보다 중요하다. 세상 완벽할 것 같은 사람을 보면 가까이 다가가기가 어렵다. 모든 관계라는 것은 언제나 상보적(相補的)이어야 한다. 내가 원하는 것을 상대방이 줄 수 있거나 상대방이 원하는 것을 내가 줄 수 있을 때, 관계는 시작되고 또 유지된다. 하지만 상대방이 원하는 것이 없어 보인다면 다가가기가 어렵다. 그러니 우리는 누군가에게 틈을 보이는 것을 두려워하지 않아야 한다.

　나 자신이 그리고 삶이 너무 빽빽하다면, 너무 오밀조밀하다면 작은 흔들림에도 무너질 수밖에 없다. 이기주 작가의 말을 빌리면, '어쩌면 채우고 메우는 일보다 더 중요한 것은 틈을 만드는 일이 아닐까' 싶다. 그렇게 틈을 만들고, 틈을 보이며 사는 것이 현명한 삶이지 않을까 싶다.

미움받을 용기

〈미움받을 용기〉라는 책은 한 청년과 철학자의 대화를 통해 삶의 다양한 문제를 풀어나가는 내용으로 구성되어 있다. 대화체로 이루어져 있기 때문에 가독성이 좋아 여러 차례 읽었던 책이다. 이 책은 오스트리아 심리학자 알프레드 아들러(Alfred Adler)의 이론을 기반으로 청년과 철학자가 서로 대화를 주고받으며 이를 통해 아들러의 심리학에 관한 내용을 전달한다. 심리학에는 세 명의 거장이 있다. 우리에게 아주 친숙한 지그문트 프로이트(Sigmund Freud), 칼 구스타브 융(Carl Gustav Jung), 그리고 알프레드 아들러다. 이들 모두 심리학에 대한 자신만의 명확한 이론이 있지만, 나는 아들러가 제시하는 심리학을 가장 좋아한다. 그 이유는 아들러의 이론이 가진 이러한 전제 때문이다.

"트라우마(Trauma)는 없다. 인간은 언제든지 변할 수 있는 존재이며,
우리가 변화하기 위해서는 단지 있는 그대로의 나를 받아들이는 용기가 필요하고
인생에서 마주하게 되는 여러 가지 문제들을 직시하는 용기가 필요할 뿐이다.
인생이 힘든 것이 아니라 당신이 인생을 힘들게 만들고 있는 것이다."

그렇다. 모든 사람은 어떠한 형태로든 '상처'라는 것을 가지고 있다. 특히 인간관계에 있어 상처가 없는 사람은 없을 것이다. 만약 당신에

게 트라우마가 있다면, 그것은 이미 당신이 겪은 고통과 상처가 깊이 자리 잡아 있음을 의미한다. 그러나 내게 트라우마가 실재하는 것인지에 대해 묻는다면, 나는 명확한 답을 내리지 못할 것이다. 만약 트라우마가 존재한다면 더 이상 우리는 '인간관계'라는 단어를 사용하지 못할 것이다. 단지 '관계'에 불과할 것이다. 사람에게 상처받은 우리는 사람을 회피하고 자신만의 동굴로 들어가 혼자 살아가야 할 것이다. 물론 그런 시간이 필요한 순간도 있지만 대부분은 상처를 입고도 다시 관계속에서 치유하며 살아간다.

나도 그랬다. 나에게도 물에 대한 두려움이 있었다. 내 기억 속엔 내가 물에 빠졌던 잔상이 남아 있지만 워낙 오래되었기 때문에 정확하게 기억이 나지는 않는다. 그래서 깊이를 알 수 없는 물에 대한 맹목적인 두려움이 컸다. 그러나 어떠한 이유로 이를 극복하였다. 분명 트라우마가 있었는데 이를 극복한 것일까? 아니면 아예 존재하지 않았을까?

'슈뢰딩거의 고양이'라는 일화가 있다. 양자역학의 기본이 되는 전제를 우리가 이해할 수 있게 슈뢰딩거(Erwin Schrodinger)라는 물리학자가 고양이를 예로 든 것이다. 양자역학의 기본 명제는 '존재하지만 존재하지 않는다'는 것이다. 존재라는 것은 관측이 이루어져야 하지만 양자의 세계에서는 동시에 두 개의 물리량을 측정할 수 없기 때문에 존재성을 눈으로 보기 전까지는 존재하지만, 눈으로 보려고 하는 순간 없다는 것.

우리에게는 트라우마가 바로 슈뢰딩거의 고양이일 수 있다. 존재할 수도 있지만 존재하지 않을 수도 있으며, 보려고 하면 없을 것이고 보지 않으려 하면 있을 무언가 말이다.

두려움을 만드는 존재

〈그것(It)〉이라는 제목의 공포 영화가 있다. 이 영화에서 말하는 '그 것'은 어린아이들의 두려움과 공포를 양분 삼아 더 강해지는 존재로서 어린아이들이 가장 두려워하는 대상으로 등장한다. '그것'의 기본적인 외형은 광대이다. 1970년대 시카고에서 일어난 연쇄살인의 범인인 존 웨인 게이시(John Wayne Gacy)가 평소에 광대 분장을 한 채 어린아이 들을 위한 봉사활동을 했다는 사실에 각종 매체와 예술작품에서 광대 를 공포의 대상으로 삼으면서 점차 무서운 존재가 되었다.

이 영화에서 가장 주목해야 할 점은 '그것'이라는 존재는 오로지 어 린아이들에게만 보인다는 것이다. 두려움을 만드는 존재는 상상(想像) 이다. 아직 다가오지 않은 미래에 대한 걱정과 존재하지 않는 실체에 대한 겁을 만드는 것은 오직 하나, 바로 '상상'이다.

행복 공장

가끔 SNS를 보면 나와 비슷한 또래의 사람들이 일식집에 가서 한 끼에 몇십만 원하는 고급 초밥과 생선회를 먹고는 아주 비싼 차 앞에서 사진을 찍는 모습들을 쉽게 볼 수 있다. 그런 모습을 보며 역시 세상에는 부자가 많다는 것을 느끼지만 부럽지는 않다. 부럽다는 생각보다는 행복에 대한 생각만 다시 하게 된다. 과연 '행복이라는 것은 발견된 것일까? 아니면 발명된 것일까?'

시간은 발견됨과 동시에 발명되었다. 시간이라는 물리량은 인간이 규정함과 동시에 초침이 움직였으리라. 나는 시간이라는 것은 목구멍을 지나 입 밖으로 소리가 나오기 전까지만 인식되는 개념이라 확신한다. 초등학교에 다니는 동생이 와서 시간이 무엇인지 묻는다면, 명확하게 대답할 수 있는 사람이 있을까?

당신은 이런 동생의 물음에 "1초는 세슘원자의 바닥 상태에 있는 두 초미세 준위 사이의 전이에 대응하는 복사선의 9,192,631,770주기의 지속시간이야"라고 대답할 것인가? 그렇지 않을 것이다. 이처럼 행복도 우리가 일반적으로 시간을 정의하는 모습처럼, 어느샌가 누구에게나 공통적으로 표현되는 어떤 개념이 생긴 것 같다.

나는 대학원생이다. 하루 종일 실험하든지 분석하든지 논문을 읽는다. 친구들에게 내가 대학원에 입학했다고 하면, 하나같이 한 단어를 입에 올린다. 바로 '노예'다. 이는 대학원생들은 교수들의 노예라는 뜻이다. 다른 대학원생들의 삶은 어떤지 모르겠지만, 단언하건대 나는 노예가 아니다. 대학원에 입학하기 전에 다짐한 것이 있다. '내 행복은 언제나 나의 손 안에 있을 것이다'라고.

다행히도 지도 교수님께서도 나와 같은 생각을 가지고 계신 분이라 대학원을 다니는 것이 행복하다. 공부하는 것이 행복하다는 것이다. 하지만 보통 사람들은 이를 행복이라고 생각하지 않는다. 그렇다면 나는 행복하지 않은 것인가? 스스로 답을 내려 보라.

'행복은 상대적이다'라는 대답이 생각났다면,

그게 바로 '정답(正答)'이다.

안빈낙도(安貧樂道)

대학원에 입학한 후 학부생들의 수업에 조교로 참여했다. 본인들의 연구 외에도 열심히 학부생을 돕는 모습을 보신 교수님께서는 어느 날 조교들에게 밥을 사주셨다. 우리는 다 같이 이태원의 고깃집으로 향했다. 어느 정도 배가 부르기 시작할 무렵, 교수님께서는 자신의 경험을 이야기하기 시작했다. 개인적으로 교수님과 하는 사적인 대화는 언제나 즐겁지만, 교수님께서 하시는 말씀은 언제나 많은 생각을 요한다. 하지만 종국에는 많은 것을 채우고 가는 기분이 든다.

그때는 그런 이야기를 하셨다. 본인이 대학원에 입학했을 때, 어떤 마음가짐으로 연구했는지, 그리고 졸업을 한 후에는 어떤 마음으로 삶을 대했는지. 많은 이야기를 하셨지만, 결론을 한 문장으로 요약한다면 이랬다.

"치열했다."

그게 전부다. 하지만 인상 깊었던 문장은 그것이 아니었다. 교수님께서 흐릿한 소리를 통해 우리에게 조심스러운 이야기를 꺼내기 시작하셨다.

"나는 너희들이 스스로 자만하지 않았으면 좋겠어. 안빈낙도? 말은 좋지. 하지만 나는 우리가 인격적으로 그 정도의 소양이 있는 것 같지는 않아."

이걸 읽는 여러분들도 바로 이해가 되지 않을 것이다. 나도 그랬다. 하지만 교수님의 이어지는 말씀은 이를 완벽하게 이해하게 했다.

"분명 여기 있는 사람들 중에서 멋있는 사람들이 나올 거야. 정치인이 나올 수도 있고, 어떤 기관의 장(長)이 될 수도 있고, 부자가 나올 수도 있겠지. 그때 나는 진심을 다해 응원하고 칭찬하고 박수를 쳐주고 싶어. 하지만 만약 너희들이 가진 게 아무것도 없다고 한다면 너희 동기들, 선배들, 후배들이 높은 자리에 올랐을 때, 큰 명성과 부를 가졌을 때, 진심으로 박수 쳐줄 수 있겠니? 나는 내가 대학원에 다닐 때 인격적인 소양이 그 정도가 되지 못해서 내가 적어도 그들에게 진정으로 박수를 쳐줄 수 있을 위치가 되겠다는 생각으로 공부했고 지금도 그래."

나의 작고 한정된 지식과 세상을 바라보는 좁디좁은 시야와 마음의 크기로는 이런 생각을 할 수조차 없었고, 그러한 생각을 했더라도 말로 뱉을 수가 없었음에 확신한다. 이 얼마나 현실적인 이야기인가? 이상을 가지고 사는 것은 언제나 옳지만, 이상의 기반은 언제나 현실이라는 것을 보여주는 말이었다.

진화

진화론은 모든 생명체가 자신의 생존에 이로운 방향으로 진화한다는 기본적인 전제를 바탕으로 발전해 왔다. 우리는 흔히 용불용설과 진화론을 동일하다고 생각하지만 사실은 그렇지 않다. 용불용설은 우리가 자주 사용하는 것은 점차 강해지고(진화를 의미한다) 사용하지 않는 것은 퇴화된다고 말한다. 반면에 현대의 진화론은 생물이 외부 환경과 상호작용하면서 생물학적 돌연변이가 발생하고 그 변이가 주변 환경에 적응하기에 적합한 형태로 발전하며, 이 형태가 다음 세대로 전달되는 것으로 설명한다.

예를 들어보면 이렇다. 여우와 두루미가 식사를 하는데 편평한 그릇에 밥이 나오자 부리가 긴 두루미가 그것을 먹기 위해 부리를 그릇에 수도 없이 부딪혔다. 그러다 결국 부리가 짧아져 그릇에 담긴 밥을 먹게 되었고, 그 형질이 다음 세대로 전달되어 부리가 짧은 두루미가 많아졌다. 이것은 용불용설을 의미한다. 반면 편평한 그릇에 있는 밥을 보고 지나가고 있던 태생적으로 부리가 짧은 두루미가 음식을 먹고 부리가 짧은 형질을 다음 세대로 전달하여 두루미의 부리가 점차 짧아졌다는 것이 현대의 진화론이다. 차이를 알겠는가?

과연 우리들은 진화했는가? 아니, 나는 진화했을까? 진화했다면 그 방식은 무엇일까? 내가 다음 세대에 넘겨줄 내 생존 방식은 무엇일까? 내 생존을 위해 누군가를 공격하는 방법을 터득했을까? 아니면 함께 공존하는 방법을 택했을까? 그저 누군가를 이기기 위해 새들의 날개를, 물고기의 아가미를 억지로 뺏어 주인 없는 빈 집에 가두고 있을까? 아니면 날개 없는 새, 아가미 없는 물고기들과 함께 공존하는 방법을 넘겨줄 것인가?

풍향계

학창 시절, 운동장 한 켠에는 하얀색 새집 모양의 작은 구조물이 있었다. 이 구조물 안에는 습도계가 들어있었고 옆에는 높은 기둥에 풍향계가 달려있었다. 풍향계는 이름 그대로 바람의 방향을 가리키는 장치이다. 풍향계에 있는 깃발은 바람이 향하는 곳으로 스스로를 맡긴다. 주유소 풍선처럼 이리저리 바람을 따라 움직인다. 꽃을 피우는 바람에, 매미를 깨우는 바람에, 나뭇잎에 노을을 가져오는 바람에, 그리고 그 나뭇잎을 떨구는 바람에 풍향계는 자신의 몸을 맡긴다.

풍향계가 모든 종류의 바람과 작별을 나누고 다시 처음의 바람과 인사를 나눌 때, 그렇게 일 년이라는 시간이 지나간다. 우리는 그렇게 계절을 맞으며, 바람을 맞으며 살아가는 것이다. 어느 날, 풍향계의 깃발을 바라보며 우리의 삶과 많이 닮아있다는 생각을 한 적이 있다. 시련이 존재해야 하는 이유를 깨달았다고나 할까?

바람이 이리저리 불다가 바람의 소리가 작아지면 풍향계는 과연 어디를 가리키고 있을까? 당연히 마지막 바람의 방향을 가리키고 있을 터. 바람이 불지 않고 있음에도 풍향계는 방향을 가리키고 있다. 우리 삶에 존재하는 시련이라는 바람도 그렇다. 순풍(가는 방향과 같은 방향으로 부는 바람)은 우리가 잘 느끼지 못한다. 하지만 역풍(가는 방향과 반대 방향으로 부는 바람)은 기가 막히게 느낀다.

이것이 시련이 존재하는 이유가 아닐까? 내가 가는 방향의 옳고 그름을 보여주기 위한 신의 선물이지 않을까? 그러니 본인이 지금 시련을 겪고 있다면 넘어지더라고 울지 말고 웃어보자. 그대가 가는 길이 옳은 방향이니까.

교만과 자만

　공부의 사전적 의미는 '학문이나 기술을 배우고 익힘'이다. 즉, 공부를 한다는 것은 무언가를 배우고 이를 체화하는 과정을 의미하는 것이다.

　내 경험에 비춘다면 공부의 시작은 모르는 것과 아는 것을 구분하는 것이다. 대부분의 사람들 모두 본인이 모르는 사이에 아는 것과 모르는 것을 구분하며 학문을 익혔을 것이다. 그 당시에는 자만하지 않고 교만하지도 않았을 것이다. 본인의 오답을 따로 정리하여 노트를 만든 경험이 있을 것이다. 봐라. 본인의 부족함을 감추지 않았고 부족함만을 모아서 하나의 책을 만들고 있었던 것이다. 얼마나 낮은 자세였던가?

　하지만 삶이라는 학문을 대하는 우리의 태도는 사뭇 다르다. 분명 셀 수도 없는 오답을 썼지만 그 오답을 내가 아닌 타인에게 전가했고 스스로의 부족함은 어느새 사라졌으며 이와 동시에 우리는 교만해졌고 거만해졌다. 그렇게 우리는 자신만의 틀에 갇혀버렸고 타인과의 관계에서 그들에 대해 모르는 것과 아는 것을 구분하지 않았으며 그들의 모든 것을 아는 것처럼 행동했다. 결국, 이는 다시 오답을 가져왔고 악순환이 반복되었다.

여전히

우리는 가슴속에 어떤 단어의 울림을 기억하고 살아가는지도 모른다. 어떤 이에게는 그 단어가 주는 밝은 물결을, 어떤 이에게는 단어의 크기가 주는 그림자를 기억할지 모른다.

여전히.

내가 가장 좋아하는 단어다. 이 단어가 가지고 있는 물결과 그림자는 언제나 새롭게 다가온다.

나는 국어사전을 보는 것을 좋아한다. 우리가 아무렇지 않게 쓰는 단어의 정확한 의미를 알기 위해, 때로는 제대로 알지 못한 단어를 사용하고 있지는 않은지 확인하기 위해 자주 펴보곤 한다.

영하 13도 칼바람이 부는 어느 겨울날, 집 앞 카페에 앉아 국어사전에 '여전히'라는 단어를 검색했다. 단어의 뜻이 나오고 아래 작은 글씨로 예문이 나왔다.

"십 년 만에 만난 그녀는 여전히 아름다웠다."

"밤빛이 아물거리는 속으로 어머니의 산소는 여전히 침묵에 잠겨 있다."

여전히라는 단어가 주는 여운. 나는 여전히 이 단어를 사랑한다.

단어의 반감기(半減期)

반감기(半減期)는 어떤 물질을 구성하는 성분의 양이 처음의 반으로 줄어드는데 걸리는 시간을 의미한다. 흔히 방사성 동위원소의 고유 성질을 표현할 때 사용한다. 방사성 동위원소는 안정적인 상태가 아니다. 그들 스스로 매우 불안정하기에 안정해지기 위해 방사선이라는 형태로 에너지를 방출하며 안정해진다. 예를 들어보자. A라는 물질은 불안정하기에 B라는 물질로 변환한다고 하자. 100개의 A라는 물질이 5분 후에 50개가 된다면 A의 반감기는 5분이다. 이것이 반감기이다.

세상 모든 물질은 안정해지기 위해 사라진다.

원자력 발전 연료로 사용되는 우라늄도, 핵무기로 사용되는 플루토늄도, 우리의 몸을 이루고 있는 세포들도. 하물며 우리가 살아오며 뱉어낸 단어까지 바다에 던진 작은 돌이 만든 파원처럼 서서히 흩어져 간다. 그렇다면 내가 살아오면서 무심코 뱉은 그 날카로운 단어들은 어디에 묻혀있을까. 누군가의 마음에 남아있지 않기를 바라지만 누군가의 마음에 남았다면, 과연 남은 그 음절의 반감기는 몇 년일까? 아니 수십 년일까?

내가 무심코 던진 그 음절들은, 자음과 모음들은 누군가의 마음의 바다에 윤슬로 기억될까? 아니면 그들의 바다를 어둡게 하는 물안개가 되었을까.

다시 나를 보며

어떤 일에 대한 감정은 언젠가 때가 되면 반드시 고개를 든다. 분명
히 그냥 지나치지 않는다. 매년 여름, 뉴스에서는 연신 관측 사상 최악
의 가뭄을 운운하지만 비는 언젠가 반드시 온다. 하늘이 두 쪽 나지 않
는 이상.

감정의 비도 마찬가지다. 그래서 이제는 도망가지 않으려 한다. 우
산을 쓰지도, 우비를 쓰지도 않을 것이다. 어떠한 감정이 나를 덮칠
때, 나는 그것을 오롯이 맞기로 했다. 온전히 젖으면 더 이상 젖지 않
으니까. 그렇게 나는 나를 다시 직면(直面)하기로 했다.

거울 속의 나

어떤 관계를 마무리하고 나면 머릿속이 텅 빈 것처럼 멍해진다. 멍해져 있으면서도 머릿속에는 마치 수많은 감정의 파도가 내달리는 듯했다. 당장 하루를 살아갈 용기가 나지 않았고 어떤 것도 재미있게 느껴지지 않았다. 미로와도 같은 감정의 회로를 되새김하며 원인을 찾으려고 해봐도, 깊이를 알 수 없는 생각의 바다에 빠져 허우적대기만 했다.

친구 관계, 연인 관계, 다양한 관계의 끈을 놓치게 되었을 때, 거대한 블랙홀에 빠지듯 우울의 늪으로 빠지곤 했다. 이유 모를 헤어짐이 주는 아픔과 상심은 더 깊고 크기만 했다. 분명 누구의 탓도 아니란 것을 알지만, 날카로운 칼날을 잡고 있는 기분이었다.

어느덧 시간이 흘러 그 관계가 조금씩 잊히고, 슬픔에 점점 무감(無感)해졌을 무렵. 나는 잡고 있던 칼날을 놓아주었지만, 자세히 보니 내가 잡고 있던 것은 칼날이 아니었다. 그것은 깨진 거울이었고, 거울에는 내 모습이 비치고 있었다. 그 순간부터 나의 결핍이 보이기 시작했다.

말(言)의 엔트로피

여러 사람과 대화를 나누다 보면 말을 '전달'하는 것이 얼마나 중요하고 힘든 일인지를 뼈저리게 깨닫는 순간이 온다. 일반적으로 사람 간의 대화가 힘든 것은 대화 자체를 거부하는 것에서 비롯되는 단절과 각자가 전하고자 하는 말의 본의(本意)를 제대로 전달하지 못하는 '표현의 부재'에 있다. 또 한편으로는 전달 과정에서의 '엔트로피 증가'도 그 원인이다.

'대화의 부재'는 이해관계에 있는 당사자들끼리 어떠한 연유로 인해 입을 닫을 때 발생한다. 보통은 자존심 싸움인 경우가 많다. 하지만 이는 생각보다 쉽게 해결된다. 둘 중 한 명이 입에서 꿈틀거리는 말의 소용돌이를 견디다 못해 툭! 하고 뱉는 순간, 즉시 해결된다.

그러나 전달 과정에서 발생하는 '말의 엔트로피 증가'는 쉽게 해결되지 않는다. 이유는 사실 아주 사소한데, 이해관계에 있는 당사자 중 한 명 혹은 일부가 대화상에 존재하지 않기 때문이다. 우리가 소위 '뒷담화'라고 부르는 남을 험담하는 행위는 대상이 그 자리에 없기 때문에 말이 더 쉽게, 더 크게 부풀려지고 이는 다시 시간이 지나며 공기를 타고 멀리 확산된다. 이 확산 과정에서 말의 엔트로피는 자연스레 증가

하며 실제 내용은 그 사실 관계가 전혀 입증되지도 않을뿐더러, 그저 술자리의 안주로 사용되기 마련이다.

　나 역시 그런 경험이 있었다. 어떤 사람과의 문제가 제3자를 통해 내게 전해오는 경험 말이다. 예상했던 것처럼 말의 엔트로피는 매우 커져 있었고, 그들은 내용을 확인하려 하지 않았다. 그저 술자리의 여흥을 돋우기 위해, 즐겁고 흥미로운 시간을 장식하기 위해 나는 한 마리의 노가리로 전락했다. 그러나 기분은 그리 나쁘지 않았다. 내가 살아온 삶에 대한 자신감이 나의 기분을 통제했다.

　내 삶은 그들의 가벼운 입에 오를 만큼 그리 가볍지 않다. 내가 살아온 시간이 결코 가볍지 않다는 명명백백한 사실을 내가 알기에, 나는 그들의 행동을 알면서도 모르는 체했다.

향수의 꿈

　누구나 돈 쓰는 것을 아까워하지 않는 물건이 있다. 누군가에게는 신발이 그렇고, 또 어떤 이에게는 와인이 그렇다. 나에게는 향수(香水)가 그 사랑스러운 대상이다.

　향수는 액체 화장품의 하나로 향신료를 알코올 따위에 풀어 만드는 물건이다. 향수를 살 때 나만의 원칙이 있다. 유명하거나 남들이 많이 쓰는 향은 사지 않는다. 누군가 그 향을 맡았을 때, 바로 '정성훈'이라는 존재를 떠올리기를 바라기 때문이다.

　대학 시절 친구들과 대만 여행을 간 적이 있다. 한국인이 대만 사람보다 많다는 생각이 들 정도로 한국 관광객이 많았다. 친구들끼리 우리가 대만에 온 건지 대구에 온 건지 모르겠다며 농담할 정도였다. 대만 편의점에는 특유의 향이 있다. 거의 대부분의 편의점에서 동일한 향이 난다. 우리는 그 향의 근원지를 찾기 시작했고, 그 향의 근원지는 향신료를 푼 물에 삶고 있는 계란이란 것을 알게 되었다. 거의 모든 편의점에서 그 계란을 직접 삶아서 팔고 있었기에 비슷한 향이 나고 있었던 것이다. 그렇게 대만 여행을 무사히 마치고 대만 여행에 대한 기억이 흐릿해지고 있을 무렵 한 음식점에서 그와 같은 향을 맡았다. 순간 나의 뇌리에는 대만에서 있었던 일들이 스쳐 지나갔다.

후각은 오감 중에 가장 쉽게 둔해진다고 한다. 자신의 향을 자기가 맡지 못하는 것이 그러한 이유다. 후각이 가장 둔한 이유는 가장 예민하기 때문이다. 후각은 오감 중에 가장 예민한 감각이기 때문에 쉽게 둔해지는 것이다. 나는 가장 예민한 것이 가장 강하다고 생각한다. 나에게 향기란 기억을 떠올리게 하는 힘을 가진 무언가다. 나에게 향기란 즐거웠던 장소, 사랑했던 사람을 떠올리게 하는 무언가다.

내게 있어 향수(香水)는 향수(鄕愁)다.

사랑,

사람과 삶이 존재하는 이유

관성이 있다는 것은

관성(慣性)은 물체가 외부에서 그것의 운동 상태, 즉 운동의 방향이나 속력에 변화를 주려고 하는 작용에 대해 저항하려고 하는 물체의 속성을 말한다.

쉽게 말하면 관성은 물체가 기존의 상태를 유지하려는 성질이다. 가만히 있는 물체는 가만히 있으려 하고, 움직이고 있는 물체는 움직이려 한다는 것이다. 과학적으로 관성은 질량이 큰 물체에 더 크게 작용한다. 학부생 때 교수님께서 해주신 말씀이 있다. 자신의 지도 교수께서 질량이 없는 물질에 대한 과제를 주었다고 한다. 그때 교수님께서는 '마음'이라는 답을 제출했다고 했다. 그 후에 어떤 일이 있었는지는 듣지 못했지만 분명 그 과제는 좋은 점수를 받지 못했을 것이다.

앞에서 말했듯 관성은 질량이 클수록 커진다. 만약 마음의 질량이 없다면 마음에는 관성이 존재하지 않는다는 뜻이다.

과연 그럴까? 마음에는 분명 질량이 존재한다.

엔트로피

엔트로피는 정말이지 학부 시절에도 이해하기 가장 어려운 단어였다.

'엔트로피 = 무질서도(無秩序度)'

어찌 보면 간단한 개념이지만 이를 진심으로 이해하기까지 많은 시간이 걸렸다. 엔트로피를 설명하기 위해 보통 방 정리를 예로 든다. 방은 신기하게도 치우면 치울수록 더러워지고 꽤 오랜 시간 공들여 청소해도 순식간에 엉망이 되어있다. 이게 엔트로피는 항상 증가한다는 열역학 제2법칙을 쉽게 설명하기 위해 흔히 사용되는 예시다.

제레미 리프킨(Jeremy Rifkin)의 〈엔트로피〉라는 책에서는 엔트로피를 '에너지 전달 과정에서 발생하는 찌꺼기'라고 말한다. 나에게 대부분의 과학 이론과 수식은 철학과 같다. 과학이라는 학문과 인문이라는 학문은 서로 다르지 않다는 뜻이다. 이 책도 그런 이유에서 쓰기 시작했다. 과학을 공부하면서 느끼는 인간관계 혹은 인문학적 고찰과 성찰은 내가 진정한 공부를 하고 있음을 느끼게 한다. 처음 이런 생각을 하게 된 이유가 바로 열역학 제2법칙, 엔트로피 법칙 때문이다.

엔트로피, 즉 찌꺼기는 항상 증가하기 때문에 100을 주면 받는 사람은 100보다 항상 작은 양을 받게 된다. 비단 에너지를 전달할 때만 해당하는 것은 아니라고 생각한다. 우리의 마음도 이와 유사하다. 혹여 마음을 정량화할 수 있다면, 마음의 크기를 계산할 수 있다면, 마음의 무게를 측정할 수 있다면 분명 준 사람의 마음과 받은 사람의 마음의 크기는 상이할 것이며 마음의 저울은 언제나 준 사람 쪽으로 기울어 있을 것이다.

화살표

연구를 하다 보면 그림을 그릴 일이 꽤 많다. 보통 그래프나 연구 내용을 쉽게 보여주기 위한 그림을 그린다. 이때 자주 사용하는 기호는 화살표이다. 화살표는 시작과 끝이 존재하며 이는 길이를 표현하기도, 방향을 표현하기도 한다.

어느 날, 문득 화살표를 그리며 내가 인간관계에 힘들었던 이유를 찾았다. 우리는 누군가와 관계를 맺을 때, 늘 '주고받음'을 자연스레 생각하곤 한다. '내가 이만큼 주면 상대방도 나에게 이만큼을 주겠지'라고 생각하는 것이다.

우리는 상대방과 친하게 지내고 싶거나, 다른 사람들과는 구분되는 유일한 관계를 맺으려 한다. 하지만 현실은 때론 녹록지 않다.

이때 우리는 화살표를 제대로 봐야 한다. 분명 마음을 준 것은 나였고, 내가 하고 싶어서 한 일이며, 상대방은 강요하지 않았다는 것을.

낭만에 대하여

'연애(戀愛)'의 사전적인 의미는 성적인 매력에 이끌려 서로 좋아하여 사귀는 행위이다. 보통 사전적인 의미는 마음에 와닿지 않는다. 한때 연애의 의미에 대해 진지하게 고민한 적이 있다. 서로의 시간을 공유하고 데이트하는 것이 연애일까? 서로의 낮을 함께하다 서로의 밤을 꿈꾸게 되는 것이 연애일까? 건강한 연애를 위해선 연애라는 것에 대한 정의가 필요했다.

'연애란 혼자 할 수 있는 일을 굳이 다른 사람이 해주는 것이다.'

언젠가 들었던 말이다. 머릿속에 떠오른 것을 보니 내가 이 말에 꽤나 공감했던 것 같다.

그렇다. 연애를 하다 보면 누군가를 마중 나가고 데려다주며 음식을 입에 넣어주고 고기를 구워준다. 분명 그 사람도 혼자 할 수 있는 일이다. 하지만 연애를 하다 보면 내가 혼자 할 수 있는 일에 상대방의 손길이 없는 일이 없다. 그래서 연애는 신중해야 한다. 분명 연애에는 끝이 존재하며, 내 삶의 많은 부분에 그 사람의 지문이 남는다. 같이 가던 식당, 같이 가던 카페, 같이 했던 통화는 결국 주인을 잃기 마련이다.

영원한 건 없지만

　영원한 순간. 보통의 삶에선 그리 쉽사리 찾아오지 않는 순간을 일컫는 표현이다. 그러나 시작부터 틀렸다. '영원한 순간'이란 없다. 문학의 기법으로 말한다면 '침묵의 소리', '작은 거인' 등과 같은 역설(逆說)이다.

　역설이란 단연코 말이 안 되는 표현이다. '뜨거운 얼음'처럼 형용모순을 활용한 것인데, 역사를 보면 이러한 역설을 참인 명제로 생각하고 찾아 나선 사람들이 있다. 과학적으로 말이 되지 않는 일을 찾아 나서는 사람들이 있었다는 것이다. 대표적인 인물로는 진시황(始皇帝)이 있다. 그는 영생(永生)을 삶의 숙원으로 여기고, 자신의 욕망이 어디서 잘못되었는지도 모른 채 죽음을 맞이했다.

　누구나 가질 수 없는, 갖지 못한 것에 대한 동경(憧憬)이 있다. 나는 개인적으로 방탕한 삶을 사는 사람들의 삶을 동경한다. 여기서 말하는 방탕함이란 나의 기준에서 방탕하다는 것이지, 대부분의 사람들은 아니라고 생각할 수 있다. 내가 생각하는 방탕함이란 하루살이처럼 하루 벌어 하루의 삶을 살아가는 사람을 말한다. 가까스로 자신의 삶을 유지하는 정도의 수입을 가지고 술을 마신다거나, 혹은 그럴싸한 클럽에

가서 부자처럼 돈을 쓰고 이에 혹한 이성과의 하룻밤 사랑을 하는 사람들의 삶, 나는 그것을 동경한다.

내가 소위 '방탕한' 이들을 동경하는 이유는 다름 아닌 '행복 추구'에 있다. 그들은 절대 내일을 살지 않는다. 바로 지금, 오로지 지금, 현재만을 살아가는 사람들이다. 얼마나 멋진 일인가! 그러나 정작 부럽지는 않다. 그저 바라보는 것만으로 충분하다. 나의 가치관과 성격으로는 어차피 할 수도 없고, 아무리 그렇게 하려고 해도 안 되기 때문이다. 만약 내가 동경이라는 단어를 넘어 부러움을 가지게 되고, 이를 현실로 옮기려고 한다면 그때는 어떤 일이 일어날까?

아마 난 진시황처럼 죽음을 맞이할 것이다. 육체적인 죽음을 말하는 것이 아닌 정신적인 죽음. 동경이라는 단어는 퇴색되면 부러움을 만들어내고, 이것이 망가지면 욕심이 된다. 가질 수 없는 것에 대한 욕심만큼 인간을 추하게 만드는 것은 없다. 진시황의 욕심은 많은 사람들의 생명을 앗아가지 않았는가.

이는 모든 일에 공통적으로 적용된다. 누군가와의 관계를 동경한다면 거기서 멈춰야 한다. 그건 내 것이 아니다. 정말 나의 것은 동경하지 않으며, 동경하게 된다고 해도 부러워하기 전에 이미 내 옆에 있을 것이다. 그러니 누군가의 깊은 관계가 동경을 넘어 부러움이 될 것 같다면 빨리 벗어나야 한다. 그것은 순식간에 욕심이 되어 우리의 정신을 죽게 만들 것이기 때문이다.

나에게 하는 말

얼마 전, 친구가 여자친구와 헤어졌다는 전화가 왔다. 왜 나한테 전화했는지는 모르겠지만 친구는 자신의 마음을 털어놓으려고 했다. 다행히도 그때는 퇴근하는 길이었기에 흔쾌히 들어준다고 했다. 그러자 친구는 자신이 세상 모든 어둠을 지고 있는 것처럼 이야기를 시작했다. 내용은 대강 이랬다.

여자친구가 다른 사람이 보이기 시작했다면서 이제 그만 만나자고 했단다. 흔한 이별의 이유일 수도 있지만, 나는 뻔한 위로를 건네고 싶지 않았다. 사실 할 얘기가 없었다. 그래서 "그럴 수도 있지. 고생했다" 이 말만 반복했다. 친구의 마음이 조금은 진정되었을 무렵, 나는 이야기를 마무리 지으며 이렇게 말했다.

"음, 나도 어떤 상황인지는 잘 모르겠지만 너무 이겨내려고 하지 않아도 될 것 같아. 뭐 좀 힘들면 어때? 보고 싶으면 전화해 봐. 할 수 있을 때 해봐."

그 순간 내가 왜 그렇게 이야기했는지 기억이 나지 않지만, 친구는 그 이야기에 큰 위로를 얻었다고 했다. 어쩌면 이별이란 세상 흔한 이야기일지 모른다. 하지만 분명 누군가에게는 상처로 다가올 수 있다. 그래서 나는 최대한 도와주고자, 위로의 말을 하기 시작했던 것 같다.

하지만 나는 내가 저런 이야기를 던지고 있는 과정에서 오히려 내가 위로받음을 느꼈다. 어쩌면 저 이야기는 내가 나에게 하는 이야기인지도 모른다.

그렇다. 위로란 가끔 상대의 상황을 빌려
내가 나에게 하고 싶은 말을 하는 것인지도 모른다.

신이 인간을 바라보는 방식

헨리 나우웬(Henri J. M. Nouwen)은 세계적인 석학으로, 하버드 대학교에서 신학(神學)을 강의하던 교수다. 그의 뛰어난 강의 실력과 언변은 그에게 부와 명예를 가져다주었다. 그러나 노년 시절 그는 지병을 앓게 되었고, 그 무렵 요양을 위해 지체 장애인들이 모여 있는 공동체인 라르쉬 데이브레이크(L'Arche Daybreak)의 신부(神父)로 일하게 된다. 나우웬은 지체 장애인들에게 자신을 처음 소개할 때 이렇게 설명했다.

"안녕하세요. 제 이름은 헨리 나우웬입니다. 저는 하버드 대학에서 강의를 하는 사람입니다."

그러자 그들은 그에게 물었다. "하버드가 뭔가요?"

나우웬은 답했다. "전 세계 수많은 사람들이 들어가서 공부하고 싶어 하는 학교입니다." 그의 말에 지체 장애인들은 이렇게 다시 물었다.

"왜 사람들이 공부를 하고 싶어 해요?"

나우웬은 한동안 아무 생각도 떠오르지 않았음을 고백하고 그날 일기에 이렇게 적었다.

"난 이들에게 내가 얼마나 유명한 사람인지 설명하는 것이 상당히 어렵다는 것을 깨달았다. (중략) 어쩌면 나의 오랜 정서적 방황이 이곳에서 끝날지도 모르겠다. 왜냐하면 이들은 신이 인간을 대하는 방식과 매우 유사하게 나를 대하고 있다. 그저 나의 이름 헨리로."

헨리 나우웬의 일화를 들으며 나의 오만과 편견, 허영심과 자만심에 대해 반성하게 되었다. 나는 서울대학교라는 최고의 기관에서 공부하고 있다. 학교의 타이틀은 나에게 내가 가진 능력이 많다는 허영심과 남들보다 똑똑하다는 자만심의 연료를 불어넣었다.

한때, 어떤 친구가 이런 이야기를 한 적이 있다. "너는 사회적인 위치를 되게 중요하게 생각하는 것 같아. 뭐 잘못된 것은 아니지만 그렇다고." 처음엔 이 이야기를 들으면서 내가 잘못되었다고 생각하지 않았다. 내가 현실을 살고 있고 그 친구가 환상에 살고 있다고 생각했다.

그러나 이제 깨달았다. 그 친구는 나를 '신이 인간을 바라보는 눈'으로 바라보고 있었고, 나는 그걸 놓쳤다는 사실을.

손을 잡는다는 것은

코로나바이러스가 온 세상을 덮치고 사회적 거리두기가 강화되었을 무렵 밤 10시 이후 강남역 10번과 11번 출구 쪽으로 가면 신기한 현장을 볼 수 있었다. 소위 헌팅이라는 것을 하는 젊은 남녀들이 자신의 하룻밤 사랑을 찾아 나서는 여정을 민낯으로 볼 수 있었다.

세상은 점점 빨라지고 있다. 욜로족이라는 이름으로 본인의 현재를 사는 사람들이 많아지고 있으며 현재가 미래를 위한 디딤돌이라는 것에 동의하지 않는 사람들도 어렵지 않게 보인다. 이러한 생각은 이성 간의 교제에 있어서도 적용되는 듯하다. 이 생각과 행동이 틀렸다고 말할 수 있는 사람은 없을 것이다. 하지만 나에게는 아직 손을 잡는다는 것에 대한 낭만이 있다.

연인이 되어 일정한 기간이 지나 간질간질한 마음을 감추고 조용한 길을 산책하다 보면, 상대방과 나의 손등이 스치고 그 주기가 점점 짧아질 때 자연스레 상대방의 손을 잡는 행위. 나에게는 그 과정이 설렘만큼 숭고한 행동이다. 누군가에게는 아주 가벼운 스킨십일 수 있지만, 나는 손을 잡는 것이 스킨십의 다음 단계를 위한 초석이라고 생각하지 않는다. 손을 잡는다는 것은 매번 심장을 두근거리게 만들었다.

'과연 나에게 손을 잡는다는 것의 의미는 무엇일까?'

　내게 있어 손을 잡는다는 행위는 상대방에게 나의 마음을 솔직하게 표현하는 것이었다. 손을 잡는 순간 두 사람은 같은 속도로 걷게 된다. 손을 잡은 채로 서로 다른 속도로 걸을 수는 없다. 같은 속도로 걷는다는 것은 단순히 속도라는 물리량이 같다는 것도 있지만, 아인슈타인의 상대성 이론의 관점에서 보면 같은 시간을 보내고 있다는 의미로도 해석될 수 있다. 나에게 손을 잡는 행위의 의미는 후자와 같다. 내가 상대의 손을 잡으면, 손을 잡고 있는 상대와 같은 시간을 보낼 수 있기에.

　모든 스킨십을 하고 연애를 시작하는 연인들도 많다고 하지만 나에게는 해당하지 않을 것이다. 나에게 여전히 손을 잡는다는 행위는 포기하고 싶지 않은 소중한 마음이고, 그 숭고(崇高)의 행위는 아마도 계속될 것이다.

불타오르는 마음

우리는 누군가와의 사랑을 표현할 때 종종 '사랑이 타오른다'라는 표현을 사용하곤 한다. 생각해 보면 보통 타오른다는 표현은 불과 연관되어 사용된다. 그래서 우리는 사랑을 불에 비유하곤 한다. "불같은 사랑"이라는 말도 있지 않은가. 그렇다면 왜 우리는 사랑을 불에 비유하는 것일까? 물론 정확한 이유는 없겠지만, 나는 그 이유를 조금은 알 것 같다.

불이 붙는 것을 의미하는 발화(發火)에는 반드시 요구되는 세 가지 조건이 있다. 탈 물질, 발화점 이상의 온도, 그리고 산소(酸素)다. 서로의 관계에서 의심이라는 밀물과 확신이라는 썰물이 주기적으로 바뀌는 소위 '썸'이라고 하는 관계를 보내고 있는 두 남녀가 의심의 안개가 걷히고 확신만 남았을 때, 발화점 이상의 온도가 되어 연인이라는 관계로 발전한다. 이후 서로의 관계를 위해 자신의 일부를 연료로 던져가며 관계에 불을 붙인다. 그 다음에는 애정 표현과 연락, 스킨십이라는 이름의 탈 물질과 산소를 집어넣는다. 그렇게 관계의 온도는 점차 뜨거워지며, 두 사람은 세상 부러울 것이 없는 하루하루를 보낸다.

하지만 어느새 둘 중 한 명의 연료가 떨어진다. 이는 더 이상 관계를 유지하고 싶지 않다는 의미일 것이다. 점점 관계의 온도는 낮아지고, 거대했던 불은 점차 사그라든다. 그러다 탈 것이 더 이상 남지 않으면 불은 꺼지고 재만 남는다. 아직 연료가 남은 상대방은 어떻게든 꺼진 관계에 불을 붙이고자 노력하지만, 타버린 재에는 두 번 다시 불이 붙지 않는다. 두 사람은 불의 온도가 높다면 연료가 빨리 소진된다는 것을 알지 못했다. 아마도 이것이 사랑이라는 감정을 표현함에 있어 불이 메타포(metaphor)로 사용되는 이유가 아닐까 싶다.

마음이라는 문

짧았던 연애를 마무리 지은 적이 있다. 만났던 기간과 이별의 아픔은 비례하지 않는다는 것을 진정으로 깨닫게 만든 연애였다. 처음 그 친구를 만난 것은 어느 술자리였다. 친구의 지인으로 그 친구와 처음 자리하게 되어 연락을 주고받다가 자연스레 연인으로 발전하게 되었다. 그러다 어떤 이유로 인해 관계를 마무리 짓게 되었다. 아마 서로 마음의 크기가 너무 달랐던 게 그 친구에게 부담이 되었을 것이다.

마지막으로 서로의 안녕을 바라고 나의 커다랗던 마음을 정리하는 데는 꽤 많은 시간이 걸렸다. 누군가가 나에게 좋아하는 사람이 있냐고 물었을 때, 그 친구의 이름을 떠올리지 않기까지 많은 시간이 걸렸다. 그렇게 조금씩 마음의 평온을 찾았을 무렵, 내가 그 친구의 마음의 문을 억지로 열려고 했다는 것을 알게 되었다.

건강한 관계가 되기 위해선 상대에게 불편하지 않은 사람이 되는 것이 우선이다. 그런 다음 가랑비에 옷 젖듯이 천천히 상대의 마음이 열리게 해야 한다.

독일의 철학자 헤겔(Georg Wilhelm Friedrich Hegel)은 이렇게 말했다.

"마음의 문을 여는 손잡이는 바깥쪽이 아닌 안쪽에 있다."

공융 현상(Eutectic melting)

2011년 후쿠시마현에서 원자력 발전소가 폭발하는 사고가 발생했다. 발생 원인은 수소 폭발이었다. 이 사고는 원자력 발전소의 큰 변화를 가져왔고 나는 이 변화에 대해 연구하고 있다. 후쿠시마 원자력 발전소에서 사고가 일어난 경위를 간단하게 설명하면 냉각수의 공급이 원활하게 이루어지지 않아 뜨거워진 핵연료 피복관(cladding)과 증기의 산화반응으로 인해 만들어진 수소의 폭발이다. 쉽게 말하면 핵연료 피복관이라는 물질과 증기가 반응하여 수소가 발생했고 이 수소가 제대로 방출되지 않아 폭발한 것이다. 원자력 학계와 산업계는 이러한 사고가 두 번 다시 발생하지 않게 하기 위해, 사고저항성핵연료(ATF)를 개발하고 있다. 이는 기존 피복관 표면에 산화에 저항할 수 있는 물질을 코팅하는 방법 등을 통해 구현되고 있다.

나는 사고저항성핵연료에 대해 연구한다. 보통 기존 Zr(zirconium) 합금 피복관에 Cr(chrome)을 코팅하여 ATF를 만든다. 나는 이 ATF가 일정한 기준을 만족하는지 확인하기 위해 여러 실험을 한다. 실험 과정은 매우 복잡하며 결과도 그렇다. 이 중에 공융 현상이라는 특이한 현상이 있다. 이 현상은 두 물질이 특정 비율이 되었을 때, 녹는점이 낮아지는 현상이다. 기존 핵연료 피복관은 녹는점이 약 1,800℃이며 코팅제인 Cr은 녹는점이 약 1,900℃이다. 하지만 코팅된 피복관은 약 1,300℃에서 녹는다. 그저 코팅되었을 뿐인데, 그것은 강점을 잃었다. 그저 가까이 있었을 뿐인데, 그것은 녹아내린다.

눈이 도로를 덮쳐 퇴근길에 거북이가 되어버린 어느 날, 친구와 통화를 했다. 이런저런 이야기를 하는데 내가 알던 친구의 모습이 아니었다. 내가 알던 그 친구는 자신의 입장을 명확히 밝히는 장점을 가졌으며 흔히 말하는 전형적인 경상도 남자의 모습이었다. 하지만 그날은 무언가 달랐다. 그저 듣기만 할 뿐, 본인의 입장과 의견이 없어진 모습이었다. 이래저래 이야기를 하다 보니 그 친구의 연애가 문제였다. 너무 강한 사람끼리 만났기에 누군가는 져야 하는 싸움을 자주 하는 그런 상황이 반복되고 있었다. 그는 그 싸움에서 본인이 지는 것을 선택한 것이다. 강하기에 약해짐을 선택했다. 그저 누군가와 가까이 있을 뿐인데, 그는 강점을 잃었다. 그저 가까이 있었을 뿐인데, 그는 녹아내렸으며 그저 가까이 있었을 뿐인데, 그는 강해졌다.

이명(耳鳴)

이명(耳鳴)이란 외부에서의 소리 자극 없이 귓속 또는 머릿속에서 들리는 이상 음감을 말한다. 이명의 원인으로는 스트레스로 인한 뇌혈관성 질환을 가장 주요하다고 뽑는다.

어느 무더웠던 여름, 연구실 동료들과 점심 식사를 마치고 카페에 커피를 한 잔 사러 갔다. 점심을 너무 많이 먹은 탓에 에스프레소를 주문하고 구석에 앉아 멍하니 생각에 잠기던 찰나, 옆에 있던 두 남녀가 다투는 소리가 나의 사색의 틈으로 들어왔다.

"내가 기분이 안 좋다니까?"
"왜 기분이 안 좋은데?"
"됐어. 말하기 싫어."

이야… 얼마나 고전적인 클리셰인가. 다음 대사도 맞출 수 있을 정도로 흔하게 발생하는 싸움의 패턴 아닌가. 그들이 어떤 식으로 다툼을 해결했는지는 알 수 없었지만, 그 장면을 보는데 머리가 지끈 아팠다.

인간이라는 생명체는 참으로 모순적인 종족이다. 자신은 완벽하지 않지만 타인에게 완벽을 요구하며, 본인의 슬픔을 알아주지 않길 바라지만 알아채지 못한 것에 서운함을 토로한다. 이러한 관점에서 우리의 감정과 생각은 이명과 닮았다.

다른 질병과 이명의 차이는 바로 타인이 알아차릴 수 없다는 것이다. 이명은 다른 질병과 다르게 형체가 없기에 타인이 알아차릴 수 없으며 본인의 노력이 없다면 고칠 수 없다.

그렇다. 우리의 감정은, 우리의 생각은 이명이다.

우주에 생긴 거대한 의미

〈알쓸신잡〉이라는 프로그램은 물리학과 교수나 작가 등 각 분야의 박사들이 모여 어떠한 주제에 대해 이야기하며 그들의 의견을 나누는 프로그램이다. 그들이 함께 부산에 방문했을 때, 과학자 김상욱 교수는 우주에 대해 이러한 이야기를 한다.

"우주는 원래 심심해요. 우주에는 어떠한 의미도 뜻도 없습니다. 그저 부딪히고 돌 뿐입니다. 반복되는 심심함 밖에 없습니다."

김상욱 교수는 자신의 아내를 만났을 때를 회상하며 이런 이야기를 했다.

"저는 우주에 있는 작은 물질의 집합입니다. 또한 작은 호모사피엔스 중에 하나이지만 제가 가진 본능, 감정에서 벗어날 수 없죠. 하지만 제 아내를 만났을 때, 아무 의미 없는 이 우주에서 거대한 의미가 생겼습니다."

이를 듣고, 김춘수 시인의 〈꽃〉이라는 시의 한 구절이 떠올랐다.

"내가 그의 이름을 불러주었을 때

그는 나에게로 와 비로소 꽃이 되었다."

의미가 없는 것에 의미를 가져오는 그것이 사랑이 아닐까 싶다.

글을 마무리하며

"부끄럼 많은 생애를 보냈습니다."
– <인간 실격>, 다자이 오사무

현실과 이상의 괴리에서 오는 불안함과 걱정이 책을 써 내려가는 힘이 되었습니다. 저는 부정적인 감정에서 오는 힘을 믿습니다. 때로는 긴 어두움이 힘겨운 현실을 살아가게 하는 용기의 근원이 될 수 있음을 잘 알고 있습니다.

<인간 실격>의 문장이 주는 울림과 떨림에 한없이 작아진 어느 날의 밤을 기억합니다. 이 책은 누군가에게 가르침을 주기 위함도 아니고 교훈을 전달하기 위함도 아닙니다. 이 책은 여태껏 살아왔던 제 삶의 결함과 결핍의 민낯을 낱낱이 밝힘으로써 스스로 반성하기 위해, 그저 조금씩, 조금씩 모은 글입니다.

단점을 조금씩 가리고 지우개로 지우다 보니 어느새 '나'라는 사람이 지워지는 것 같은 초초함에 이제는 저의 부족함을 숨기지 않고 남들에게 조금 더 실망스러운 사람이 되기로 했습니다.

나 자신을 향하는 채찍과 엄격함. 삶에 대한 성찰과 반성이 시나브로 '나'라는 사람을 떳떳하게 만들 것이라 생각합니다. 아직은 누군가의 슬픔에 내줄 어깨와 안아줄 팔이 없지만 많은 계절이 지나면 상대를 향하던 가시가 무뎌지고, 누군가의 슬픔에 따뜻한 눈길을 보내줄 수 있는 사람이, 누군가의 지저분한 감정의 딸꾹질에 물을 떠다 줄 수 있는 사람이 되리라 믿습니다. 그렇게 누군가에게 사랑받을 가치 있는 사람으로 남으려 합니다.

　작디작은 제 책을 끝까지 읽어주신 모든 분들께 감사드리며 이런 부족한 모습을 알면서도 저의 밤을 함께 두려워해주신 분들에게 고마움을 전합니다.

　부디 여러분 마음의 평화가 길어지길 바랍니다.

정 성 훈

정확한 과학의 언어로 다정하게 세상을 읽다

흩어진 별빛을 모으며

초 판 발 행	2023년 08월 10일
발 행 인	박영일
책 임 편 집	이해욱
저 자	정성훈
편 집 진 행	강현아, 이소영
표지디자인	박수영
편집디자인	신해니
발 행 처	시대인
공 급 처	(주)시대고시기획
출 판 등 록	제 10-1521호
주 소	서울시 마포구 큰우물로 75 [도화동 538 성지 B/D] 6F
전 화	1600-3600
홈 페 이 지	www.sdedu.co.kr

I S B N	979-11-383-5488-2(03810)
정 가	15,000원

시대인은 종합교육그룹 (주)시대고시기획 · 시대교육의 단행본 브랜드입니다.